糖贝贝日记

朱泓默　著

Tang
Beibei
Diary

天津出版传媒集团
百花文艺出版社

爱是幸福的功课

目录

序

1

还是小时候啊

2

陪你慢慢长大

3

我是这样的爱你

4

我想教你学会生活

5

长大以后，你是这样地爱我

PREFACE I

序 I

只是去爱

文 / 五瓣花 [°]

° 五瓣花

独立教师、生活美学实践者
亲爱的生活自由写作营 & 五瓣花儿童文学课堂创始人

认识泓默，是在我离开杂志社以后，那是 2018 年。

认识贝儿，是在她去加拿大上大学以后，那是 2019 年。

认识她们时，我和泓默一样是自由职业者；认识她们时，我的儿子刚上高一。

我们有很多相似，但也有很多不同。

泓默一家生活在湘潭小城，像隐居的天使。他们看起来远离人群，但是他们居住的地方，就是幸福之源。泓默的梦想花园，筑在大城市之外，但她和先生共建的爱之巢穴，就是给女儿贝儿最美、最安稳的所在。

看完《糖贝贝日记》，我终于知道为什么当年这本书开始它的漂流旅行时，能打动那么多人。这本书，不只是对泓默重要，其实对每一位普通母亲也同样重要。在她的文字里，我们能看到自己在养育孩子的过程中，遇到的困惑、困扰，我们有时摊手放弃，有时强势镇压，有时焦虑辗转，而在泓默的文字里，我们看到的只有爱。贝儿如今是一个二十一岁的成年人，她已成长成为一个独立、有爱、温暖、自律、有责任感的大写的“人”，同时她还拥有善良、单纯、天真、热情这些美好品质，这样的养育过程，是值得分享的。

我曾给泓默这本书很多形式上的建议，可是最后发现，就是这样原样呈现，就是最好的形式。一位母亲对孩子的爱，什么时候需要附加的形式粉饰呢？

对，这就是一本母亲写给女儿的日记。这本日记，记录了贝儿从呱呱坠地，到上幼儿园，上中学，去加拿大读书，以及到现在打理一家书店其间的事，时间跨度长达二十一年。而在泓默的笔下，她让时间的牙齿咬住了无数的小事，有时是趣事，有时是丑事，有时是让父母崩溃之事。现在的贝儿已成长成为“别人家的小孩”，可是看整个养育过程，她并不是一个所谓省心的“乖”孩子，她并没有特别优异的成绩单，她时不时还会闹着休学，她会有少女的小情绪，她也有自己的固执与倔强，不是那么容易被说服。可是有幸的是，她遇到了最适合她的父母，给了她无限的自由与永不褪色的爱。

泓默书写的这种母女情，是少见的。她对贝儿，有当初怕把粉嘟嘟的小人儿弄疼，手足无措的爱；也有与十九岁的女儿并肩工作时，严厉的爱。这样的爱，有柔软，也有坚韧；有自由，也有底线。泓默深知人心是复杂的，有着无数的欲望，面对诱惑时的贪婪，喜欢高光时刻的欢娱，多于默默的勤勉努力；而她用自己的背影，用自己的努力，用言传身教，将贝儿培养成执着、努力、专注、有自己热爱的人。

这本书，并不是虎妈日记，恰恰相反，它柔软得如同一团绒毛。每个做母亲的，都可以俯身进去，嗅嗅其间的气味，感知那爱的摩擦与温暖。它会提醒我们在剑拔弩张的日子里，收起尖锐的利器，在爱人面前，不再伪装，也无须强硬伤人；面对孩子，我们是否可以做回那个有耐心的大人。

一个孩子要成为的样子，不是主流价值观决定的。孩子在幼年时分，如果父母发现孩子的独特，有自己的坚持，有慢慢的引导，有潜移默化的影响，孩子终会成长为她想成为的人，越长大，越清晰。

现代人在养育孩子上的焦虑，很大程度来源于父母自身没有定力，不知道要带孩子去哪里，遑论在日积月累的相处中，有方向与序曲，要么随波逐流，要么死死抱紧，在这样的亲子关系中，孩子压抑、叛逆，父母焦虑、迷茫。

而我看到贝儿在成长的过程中，她的独特越发显现，她与泓默的母女关系，一直和谐、紧密。不因年岁渐长，远去；不因相距太远，疏离。爱始终是这对母女之间一条明晰的绳索，爱就是要大声说出来。

贝儿十九岁去加拿大读书，每天会给妈妈录一个小视频，视频里的她有时嘟着嘴，一边走一边吃面包，化了妆的贝儿，很精神，她在屏幕那头告诉妈妈，“今天好冷”“今天我要去图书馆……”有时贝儿，也在屏幕那头低落哭泣，告诉妈妈：“妈妈，我好想你啊！”哭完之后就睡去，第二天又精神抖擞地去上学。

如此真实。这就是一个普通家庭，没有更多背景的小孩，得靠自己一点一滴打拼，完成学业的真实生活，有孤独，有不适，有思念，也有咬着牙的坚持，泓默从未停止过奋斗，贝儿也是如此。

我与贝儿都姓唐，这是我们的缘分。

贝儿来上我的写作课后，她喜欢得紧。在微信那头对我说话时，言语总是夸张，比如，她会写：“超级爱花儿老师！！！”在一句话末尾打上很多感叹号。有时她会发出海绵宝宝柔软的拥抱图片，我们一大一小，拥抱在一起，虽然我们从未见面，但我能看到她伸开双臂向我扑来的样子，暖得很。而我的儿子，在我说爱他时，他只会在屏幕那头写：Me too. 淡淡的克制，这大概是男孩和女孩的区别。

所以，我把贝儿当作自己的女儿，甚至为她的懂事心疼。她在本应充分享受自我的年纪，懂得照顾父母，为家人分担，老人生病住院，她也奔波、守护，而她自己还有一堆书要啃，好几个论文要写，她默默地做，默默地关心，甚至在爷爷去世后，她写："妈妈可以在情绪来时流泪，而我不可以。"

贝儿的有爱、单纯、向阳、自律、专注、向内，是在很多同龄孩子身上看不到的。

如果说教育的意义，是唤醒；那成长的意义就是自我的觉醒，泓默一直在做的是唤醒，用言传身教唤醒贝儿，用自己积极投入工作的背影唤醒贝儿，而贝儿将妈妈的每一次轻声召唤都铭记于心，于是，她在该觉醒的年龄，醒来。

看《糖贝贝日记》时，我也同时在看十九世纪大作家霍桑所写的，他与儿子朱利安单独相处的二十一天，字里行间，满眼都是爱。在泓默的文字里，更是看到密密麻麻的爱与甜蜜，她与先生一直做着有趣而无痕的爱的教育。

再一次确认，这本书不完全是属于泓默自己的育儿日记。它也可以是今天众人皆为教育奔忙，人心焦虑之时，给普通孩子和普通家庭指出的另一条路，并不是每个孩子，都要去过独木桥，并不是每个孩子，都一定在分数上特别优异，才会拥有所谓"优秀"的未来。"优秀"二字，看对谁而言，于孩子来说，于父母来说，适合自己的，就是最好的。

泓默透过《糖贝贝日记》告诉我们，可以做这样一位母亲，在养育孩子的过程中即使有迷惘，有迂回，给予孩子不变的仍是爱与陪伴。

泓默是一位职业摄影讲师，但她用文字的方式，记录了二十一年的生活，可贵。

我与泓默、贝儿相识相交时间并不长，可是我们像亲人般彼此懂得。

祝福泓默与家人。

五瓣花

2021-12-07

PREFACE II

序 II

成为独立的人

文 / 宁远°

° 宁远

写作者、远家 YUANJIA 创始人

大约五年前的某一天，收到泓默发来的私信，说她向她上高中的女儿（贝儿）推荐了我，贝儿想认识我，希望我可以加贝儿为微信好友。我立马同意了，我对这种“我想跟妈妈的朋友做朋友”的心思充满了好奇。彼时我自己的大女儿才七岁，我隐隐觉得，通过她们，可以窥见我和女儿的未来。我当然希望再过几年后，我的女儿也愿意和我的好朋友做朋友。

就这样，我旁观到了最好的母女关系，并因为她们增加了自己的信心。

那时贝儿在上高中，这个年龄段正是一些育儿专家口中的青春叛逆期，但我常常在贝儿的朋友圈看到她发妈妈的消息，妈妈的照片，妈妈的文章和摄影作品，配的文字常常在最后要加上一颗红心。而在妈妈的朋友圈里，贝儿也常常点赞和留言，“妈妈你真棒”“我爱你，我想你了”这样的话时不时能看到。这些互动在暗暗鼓舞我。

就这样时不时地关注，看到贝儿高中毕业去了国外念大学，又看到她大学毕业后回到故乡，成为一名创业者。是的，和她的摄影师妈妈一样，贝儿也在用自己的方式传递美，也成为美。

我不禁对贝儿小时候的事情好奇，是怎样的家庭环境和经历才会造就今天这样一个放松、自由又可爱的好姑娘呢？通过这本书，我找到了部分答案。

书中记录了很多贝儿和妈妈相处的点滴。印象深刻的，是在很小的时候，贝儿跑到妈妈面前说，袜子哭脸了。原来是妈妈在收拾衣服去洗的时候掉了一只脏袜子在地上，贝儿觉得妈妈把袜子丢在了半路，希望妈妈给袜子说一声对不起。在孩子的眼里，万物都是有生命的，哪怕一只掉在地上的袜子。而妈妈呢，很认真地在孩子面前跟袜子说了声“对不起”，这场景真是既美妙又梦幻。

类似的小事还有很多，正是因为这样的心灵的照顾和守护，贝儿在看到捏不坏的假花时，才会由衷感叹“好坚强好勇敢的假花啊”。也正因为这样，贝儿才长成了一个有思考力和审美力的、独立的人。

不要小看对美好的感知力，尤其在小时候，它会形成我们最深的信任，它能在我们成年后，即使遭遇万般不顺遂也能对世间露出善意的微笑，也深深地拥抱爱。

不久前有一群平均年龄十岁左右的小朋友来工作室“采访”，他们中有人问了一个很大的问题：人生难不难？我告诉他，人生是挺难的，但面对那些“难”，我们应该不趋乐，不避苦，因为如果很容易了，也就没什么意思了吧。读完泓默的书稿我又想起了这个问题，每一个当妈的人都知道，在所有美好的背后，得有多少细小却繁杂的付出、困顿的时刻。但这一切，泓默都用爱和文字化掉了，她在这本书里直面艰难，却举重若轻。

有人说，现在的年轻人，没有了生存焦虑，但却不知不觉陷入意义焦虑中，生活中没有重量和目标。而贝儿和她的妈妈却让我们看到，不要总是去追问意义，你要活出你的意义。每一朵花开都是意义，每一束掀开窗帘看到的晨光都是意义。

新年前，我在贝儿的店里买了几套手工贺卡，收到快递后，我打开给我的女儿看，我说，贝儿是一个可爱的姐姐，大学毕业后自己创业开了一家小店，这些都是她亲手做的。女儿拿走了一半贺卡，一边看一边说，好用心啊，我要用它们给我的好朋友写信。

我也准备把这本书送给女儿，和她共读。我们不仅在读泓默和贝儿的故事，也是通过她们，读我们自己。

宁远

2022-01-26

PREFACE III

自序 III

二十一年

文 / 朱泓默

在《梦想花园》出版八年之后，我有了这本《糖贝贝日记》。其实,《糖贝贝日记》已经持续写了二十一年。

它记录着从贝儿出生，第一次上幼儿园，一年级的课程表，第一张小纸条，第一天寄宿生活，国际高中的成人礼，十八岁远赴渥太华留学，第二次提出休学……

在这个过程中，我以母亲的角色写下的一篇篇关于贝儿的日记、随笔，记录了我和贝儿之间一次又一次书信的对谈。

过去的二十一年，我和贝儿一起“长大”，生活中的不确定、迷惘、琐碎，工作中的成就、失落和探寻的梦想，都会让我在与贝儿的相处中看到另一个自己，那就是被唤作“妈妈”的自己，它把我推向一个高处，让我面对问题也迎接希望。

谢谢我的先生，我俩是初中的同班同学，是班上唯一一对走向婚姻的幸运儿。二十多年在一起的生活，亲情超越了爱情，我们相爱相杀，彼此包容，彼此承担，婚姻的护城河里有一天天长大的贝儿，在家的亲密关系里，我们唯有志同道合，才能完成共同养育的使命。

谢谢蔡颖卿老师，因为在十年前第一次阅读《妈妈是最初的老师》，带给我此后深远的影响。

蔡颖卿老师在养育两个孩子的过程中，经历了四次全家一起迁徙的过程（中国台湾、泰国、新加坡），她始终坚持“家人在一起是第一位的”，相比更好的学校、更好的工作、更好的城市，没有什么可以比家的成长环境更重要，更不可替代。因为这本书带给我的力量，让我在职业成长遇到瓶颈的时候，能果决地作出选择，选择家庭，选择生活。我付出了在职场的代价，而与之交换的是我的生活。

贝儿十二岁的时候，我送给她的生日礼物是一本《糖贝贝日记》，从 0—10 岁的日记中整理编辑而成。在我创办的“亲爱的生活群”的读书漂流活动中，我把它作为私人日记分享给了群里的妈妈们，这本日记漂流到了不同城市的家庭中，被妈妈和孩子们阅读并喜爱着。在济南的叶子说：“亲爱的泓默，《糖贝贝日记》是在上班的班车上读完的。坐在我身边的一位男士问我在看什么，我告诉他是一位妈妈写给女儿的成长日记，他觉得不可思议。”

漂流过的每一个家庭都写了自己的阅读笔记，有的密密麻麻手写了二十几页，还有很多妈妈给我写了真挚的来信，分享阅读这本书之后的收获和变化。

愿我们都能成为孩子最好的朋友。

——Sunny

原来为孩子写日记，竟然有这样神奇的自我教育功效。

——卡米

哈哈，很多妈妈都喜欢拍宝宝和爸爸一起熟睡的照片。

——幽幽

我喜欢这本书，想把它作为枕边书，因为它可以关照我生活的样子！

——乐雪

不管贝儿的成绩多么不理想，妈妈的爱是不变的！这个分数真是不太好啊！但没有责备，没有批评，只有细致的分析和真诚的鼓励……贝儿的进步，那是一定的！

——小草

这本385页的日记，是在十年的日记中整理摘选出来的。而今又过去了十年，从十岁跨越到二十一岁，糖贝贝已经和我一样高，她现在是一个温柔、独立的大人，热爱阅读和写作，有几个知心的朋友。而我也在这十年中从职场转身，创办了“生活的研习室”。现在的我们是各自独立的女性，我们有自己的人生方向，也成为了彼此最好的朋友。父母是孩子品格教育的塑造者，而孩子对父母的影响力也超乎想象。贝儿给我的影响是全方位的，因养育而促进的成长和救赎，超越了母亲这个角色。

在写作的过程中，我想要尽可能呈现“日记”本来的样子，它像是一个用了二十年的剪贴簿，里面有这些年的日记、随笔和照片，也有我重新摘选打磨的文字。它们的内容长长短短，有各种式样的纸条和信纸，它们就像停留在时间上的珍珠，串起来挂在了一个叫作“爱”的陪伴里。

我将奔向属于我的五十岁，亲历过贝儿成长中的一次次锤炼，无不是为了她成年之后的模样，在二十一年的日记中重新探寻、整理和摘选之后，我觉得我做到了，做到了让贝儿成为一个独立的大人。

这是一本记录贝儿成长日记的书，我把它取名为《糖贝贝日记》，唐是贝儿的姓氏，用“糖”的谐音代表着“甜蜜”的寓意。我把它献给我们的家，献给每一位母亲和孩子。

朱泓默

2021-12-29

2000 — 2006

湘潭

1

还是小时候啊

等待的日子

2000 年夏天，天气闷热极了，太阳把路边的每一片叶子都烤得热乎乎的。

我每天坐中巴车上班，大部分的时候都是有座位的，因为运气好。中巴车司机的开车节奏是根据客人的人数来的，如果人少，就是慢悠悠的，如果人多，司机手握着方向盘，看准机会猛然提速，这时候如果没有一个可以稳住身体的座位，我就只能紧紧地抓住半空中的拉手，跟随着车速一起摇摆。

中午的休息时间，我去民主路上的快餐店吃午餐，七块钱有三个菜，能填饱肚子就行了，至于说什么孕妇餐要卫生要营养的要求，不存在的，没有那个条件。

每天为自己准备的零食是一个西红柿。西红柿酸甜多汁，肚子饿的时候就吃一个。同事茜姑娘总是见我挺着肚子吃西红柿，她笑着说："会有一个西红柿宝宝。"

预产期过了一周，我的肚子还没有一点动静。我开始后悔在预产期前就开始休产假，一个人待在家里，除了胡思乱想之外，就没有什么事情可做了。我想给贝儿织一件鹅黄色小背心，只是织了半寸就没有了耐心，心里还无法想象一个小婴儿的身体会是多大“尺寸”呢？这是一个难题，心想还是去买吧！商店里面的多漂亮啊！

“贝儿！”我在心里已经这么对话了，这是我和先生给孩子取好的小名：贝贝，宝贝的贝！无论男孩还是女孩都叫这个名字，通用款。我的妈妈并不太喜欢这个名字，她说这是一只小狗的名字，而我反而更喜欢这个名字了。

有人说怀孕是一个女人最美的时候，不知道是从哪个角度来看的。现在的我，体重 156 斤，就像一个站立着的大冬瓜。我感觉自己已经熟透了，希望贝儿快点出来，释放身体的重量，让我可以轻松一点。

从卧室的柜子里找出来一个大一些的布袋子，准备了产前可能需要的一些物品：现金、准生证、身份证、待产前后的衣服和洗漱用品，贝儿的衣服、帽子，卫生纸一卷，白口罩十个，奶瓶一个，纸尿裤一包，巧克力五块。

巧克力是准备生产的时候吃的，先备好。

8 月 19 日，我正准备收拾一下厨房，突然感到一股热流涌出，羊水破了，马上拿起那个大布袋子赶去医院。

初相识

几天之后，我们从医院回家了。

天气依然很热，先生带着我和贝儿走出医院，可以回家的激动让目光所及的一切都热气腾腾，来医院的时候是两个人，回家的时候，变成了三个。

家里多了属于自己的孩子，一个女孩，名字叫作“贝儿”的小婴儿，这意味着什么呢？真正完整的家，还是真正意义的人生呢？

我和先生内心都会偏爱女孩一些，想要一个柔软的小孩可以抱在怀里，一件可可爱爱的“小棉袄”，这个愿望就这么实现了。

贝儿的外婆在家里等着我们回来，她拜托楼下米粉店老板在小区门口等着我们。出租车开进小区门口，噼噼啪啪的鞭炮声就响起来，我也是第一次知道生完孩子是这样的仪式感，居然是放鞭炮啊！爆竹噼噼啪啪地放肆作响，好像要让所有的人都知道，我做妈妈了！我家的贝儿回来了！

太热了！我可顾不上坐月子的规矩，照样漱口刷牙。第三天，我趁先生出门买菜的时候痛痛快快地冲了一个澡。

贝儿睡着的时候，整个世界是安静的。我看着贝儿睡觉的样子发呆，小婴儿一句话也不会说就把我的心给俘虏了！把贝儿抱在怀里的时候，就会忍不住要亲吻她。贝儿的脸怎么那么小，粉白里透着粉红，凝视每一个侧脸都觉得贝儿更像爸爸！小婴儿的四肢是可以活动的！小手常常会捏紧拳头，这是一个如假包换的娃娃啊！只是这并不重要，重要的是，这个小婴儿居然完全地属于我，她的纯洁、可爱都来自我的身体，每一个细胞都是属于我的！

我有了一个孩子，我也就成为了她的妈妈。出门的时候，我突然觉得，走路应该要小心一些，更小心一些。我出门了，要好好地回来，回来照顾我的贝儿。

开 架

贝儿居然是一个不爱洗澡的孩子！她极其讨厌洗澡，每一次都是号啕大哭，惊恐万状地被我放到澡盆里面。

夏天是每天都要洗澡的，而每一次给贝儿洗澡都是一场战斗，必须三个人一起冲锋陷阵！我和先生加上贝儿的外婆三人一齐上，先生在一旁负责调整水温和水量，贝儿的外婆和我一起负责洗刷刷。

贝儿不断地发出刺耳的尖叫，泪水混合着鼻涕水和洗澡水，这撕心裂肺的哭闹让我心惊胆战，不知道是自己动作做错了还是洗澡的流程不对，每一步都好像置身在不知所措的战场。

贝儿的暴哭让我有一种莫名的恐惧，总是一副要与我生离死别的模样被我放到澡盆里面的，顿时水花四溅，六只大手和两只小手频频过招，分不出是水还是泪。贝儿的爆炸音让我又烦又怕，这样的一个肉球我该如何养大她，单是洗澡这件事就这么恐怖，我该如何活下去。

我又累又烦，贝儿的外婆淡然地为贝儿辩护，她说贝儿像极了我小时候。据说我在五岁之前也都是被外公（我爸）用拳头放到澡盆里面去的。哎！这肯定是瞎掰啊！但这是否属实对我来说并不重要，因为更恐怖的是，贝儿在洗澡盆里号哭挣扎一段时间之后，居然开始享受洗澡的乐趣了，安静几分钟之后，当我们要把她抱出水盆的瞬间，那个爆炸音竟再次开启！

这哪里是天使，明明是小魔头啊！

洗澡是一出，睡觉是另外一出，贝儿在晚上是更能折腾了！白天在摇床里呼呼大睡，我们走路、做事发出任何的声响，都不会影响她的睡眠，但一旦到了晚上就分秒不睡。

我和先生只能轮流通宵值班，抱着是不行的，必须匀速在家里顺时针方向走动！好不容易哄睡了，但只要轻轻地放下，贝儿的眼睛就会秒开啊！嘴巴也是秒开啊！四肢也是秒开啊！大哭的爆音直冲云霄，这个高音喇叭是我生产出来的吗？功率太强了吧！

漆黑的夜，我只能再一次抱起贝儿，哭声也马上按下了暂停键。贝儿黝黑的大眼睛滴溜溜转动，看看这里，看看那里，看看我，我们四目相对。贝儿的眼里是满满的纯真，她还不会说话，但几乎是深情地看着我的眼睛，这时候我又瞬间破防，把脸靠近她的脸，亲吻她。

我怀疑贝儿的身上可能装上了某种智能控制器，让我必须保持某种自我折磨的姿势才能让彼此相安无事。我想睡啊！如果可以睡，哪怕是直接平躺在地上睡一会我也会舒服一点，贝儿毫无睡意地摸着我的脸，把脸上的鼻涕蹭到我的衣服上，我的困倦把爱意瞬间抽干，恨不得把她“扔到大街上去”。

我只是默默地在心里面想着如何收拾这个小魔头，先生在一旁突然站起来，他好像突然失去了理智，把贝儿直接丢到床上，双手摇着摇床的栏杆大吼着：“糖贝贝，你再哭一声，我就把你扔到大街上！”

我惊呆了！一个名为“爸爸”的大人怎么可以这么粗暴地对待小孩，他胆敢把我的贝儿丢下，还对她这么凶。

太吓人了！我赶紧抱起爆哭的贝儿，和她一起大哭起来。

迷　惘

要回到公司上班了，我的体态还是很胖。医生说隔奶一段时间之后就会恢复体形的，妈妈让我用收腹带将自己的腰“捆”起来，她一边说一边用双手做一个合拢的动作，感觉要把我掐死一般。

生活的全部都在家里，身边的人和我谈的都是关于贝儿的话题，喂奶、接尿、洗衣服、折尿片，一件接着一件。

我好像是到了一个笼子里，被困住了。我想念曾经的青春和自由，我想逛街，想要一个新发型，我最想的是尽兴地睡觉。还没有想好可以干点什么想做的事，又要喂奶了，这让我立即回到自己的位置，妈妈的位置。

我喜欢坐在一个有靠背的木椅上给贝儿喂奶。贝儿吃奶的时候是全身心地投入，小手软软地，趴在乳房上，不时还要轻轻拍一拍。因为吃奶太用力气了，鼻间会微微地出汗。吃完奶以后，头不断地往我肩膀上蹭，直到找到她感觉舒服的位置，轻轻的，打一个饱嗝之后，贝儿就要睡了。

此刻，周遭的一切都随着贝儿一起进入了梦乡，摇床和尿片，各处散落的物品都安定心神，和我一起感受贝儿的体温和气息，我的情绪切换到一个梦境里，我知道生命中增添了一份永远不能割舍的牵挂，一份永远不能推脱的责任，一份天天蔓延、长大的爱。

先生的公司有一个新项目，天天早出晚归，很长一段时间，我们没有好好说过话，连彼此认真看看对方也没有。在家的时候，我们两个人就像在一条生产线上的工友，你做你的事情，我做我的事情，为这个“流水线”的正常运转做好分内的事情。先生和我只会聊贝儿的事情，吃了吗？睡了吗？拉了吗？同样，我除了向他“汇报”贝儿的琐事之外，也没有什么其他想要说的了。

回到公司上班了，我想要工作，我愿意工作，但我的身心又没有做好准备。

在产假以前，公司领导几次和我谈话，肯定我的能力和工作成绩，允诺我产假之后会给我升职。报到以后才知道，原来的岗位已经无法回去，一纸调令，必须马上去分公司负责一个新成立的部门，这突如其来的变故让我不知所措，坐在办公室里失态地哭起来。

重返工作的心境是焦灼的，而慢慢重新适应工作的节奏之后，我又有一些想要以工作的名义而远离妈妈角色的念头，有时候加班晚了也不直接回家，还想着能逛逛街，在熟悉的小店里多待一会。

那天，我接到任务要出差到岳阳，时间需要两天。这是贝儿出生以后，我第一次离开家出差。虽然只是在外一个晚上，但好像是一次要出发去很远的征途，心里感觉空荡荡的。

我和几位同事一起从建设路口出发，车刚刚启动，我的鼻子就酸了，眼泪一个劲地落下来。窗外浮现贝儿的笑脸，她的脸庞离我这么近，好像要靠近到我的身上来。我突然觉得自己很重要，没有什么比自己和自己的生命更重要的了。我是贝儿的妈妈，要好好地照顾她，让她觉得快乐。我不能生病，更不能出现什么意外，我要努力地工作，我要平安地回家……

汽车一路飞奔，不知道同车的人有没有发现我一直在偷偷抹着眼泪，反正我是一路哭着想着，我又迷惘又清醒，迷惘着自己要如何做好多重的生活角色，清醒的是知道永远也不会割舍对贝儿的牵绊了。

遇见梦想中的房子

贝儿一岁半之后，爷爷奶奶和外公外婆都愿意帮忙带贝儿，我们的方式是大家一起轮着带，一周一轮，最长时间不会超过两周，周末当然是我们自己带。

我们通常在周末进行喂养地点的周转，我们用的士载着这个肉球转动，时而是奶奶家，时而是外婆家，都只是在城市中十公里范围内，但她无论到哪里，我和先生都时刻牵挂着她。

贝儿生病的时候，是全家都身处地震中心的时候，也是同时可以让三个家庭变得敏感脆弱的时候。贝儿任何的不舒服和疼痛，都足以影响家里的每一个人。我们这些“大人”，常常会因为贝儿生病应该去哪个医院、是否应该打吊针，该看中医还是西医而出现分歧。

我和先生没有育儿的经验，心里有一些想法但没有太多底气，而父母的经验来自二十几年前，当我们意见不一致的时候，就会出现敏感的对峙。

贝儿生病打针的时候，我不能在一旁看，因为贝儿哭我也会哭，我会自责自己没有好好地照顾她。一次，贝贝连续打了三天的吊针却仍高烧不退，那时我想立即辞掉工作，回家好好照顾贝儿。

我们一家人在一起的时间其实只有周末的那一天。我和先生一起去贝儿“停靠的站点”（父母家里）吃一顿饭，然后带贝贝去附近走走，大概只有四个小时的时间。在这样的阶段，我最开心的是听爸爸妈妈讲述贝贝的可爱趣事，一边听，一边想象着贝儿的表情包，好像自己也在其中。只要有时间，我会把贝儿的趣事都一一记录下来，日记本的封面写上：糖贝贝日记。

那天，我在路上偶遇之前一起工作的同事，她说她在卖房子，房子所在的地方离我住的地方还挺远的，但我不好意思拒绝她的邀请，就答应一起去看看。

靠近韶山西路的尽头右拐，要经过一条狭窄的小路，两边都是矮旧的老房子。一路上坡，进入小区后视野就开阔起来，房子还只是建好了前面的一部分，但我第一眼就被吸引了，我知道我遇到了梦想中的房子。

买房子的过程没什么好记录的，重点是我们要搬家到城市另一边生活，这也意味着我们和父母的家的距离更远了。是的，我们决定自己带贝儿。

这一年贝儿三岁，从这一年起，我和贝儿在一起，我们一家人每天都在一起。曾经是保姆和父母们为贝儿所做的一切琐碎的事情，一件不漏地要接下来，要靠自己来完成。这一年，贝儿已经上幼儿园了，我突然发现自己与成为母亲的角色还相距甚远，我对贝儿的了解太少，还没有学会该如何与她相处。要追回我们原本就应该在一起的生活，并不那么容易，但我们也必须面对。

搬家，开始新的生活，拥抱和贝儿一起的日与夜。穿越生活的迷宫，找到本属于我的角色，我不再是那个周末才会现身的妈妈，我是每一天都和贝儿在一起的妈妈。

2000 年的工作时间是每周单休。

仙女妈妈

贝儿上幼儿园之后，我会有一大块的时间看不到她，我总是担心她需要我的时候，我没办法在她身边。

我向贝儿鼓吹自己是仙女妈妈，仙女是有翅膀的，在贝儿需要的时候，妈妈就有魔法。

有一次，贝儿从幼儿园回家就嚷嚷着头痛。我抱着贝儿说："妈妈给你吹口仙气，你的头就不疼了！"贝儿马上点头，乖乖把脑袋送到我怀里。我轻轻吹口气说："好了，肯定不疼了！"

贝儿抬脸看着我，"妈妈，真的不疼了呢！"

晚上，贝儿噘着小嘴："妈妈，我的肚子疼！"

仙女妈妈赶紧要施法术："贝儿，妈妈来吹口仙气，你的肚子就不疼了！"

贝儿摇头："不要！"

我问贝儿："为什么不要妈妈的仙气呢？"

贝儿急了："妈妈，我是要拉屎了！"

一只袜子

贝儿跑到我面前，很着急。“妈妈，它哭脸了！”捧着一只袜子的贝儿说。

我赶紧蹲下来：“贝儿，发生了什么事？袜子怎么会哭脸呢？”

“有人把它丢在地上。”贝儿说，“它很孤单！”

“哦！”原来是这样，我明白了，我刚才去阳台拿洗过的衣服，掉了一只袜子在地上。

贝儿还是捧着袜子，她冲着我眨眼睛，贝儿很认真地说：“妈妈，你说嘛！”

贝儿做错了事情，我会要求贝儿道歉。现在，贝儿要求我和袜子道歉了。

我赶紧说：“对不起！”

贝儿马上代替袜子原谅了我：“好吧，下次别丢下一只袜子！”

了不起的妈妈

夜深了，我和贝儿躺在被窝里，贝儿的脑袋小小的，像个迷你娃娃，头发还是茸茸的、细细的，忍不住地想要吻她。

我看着贝儿的眼睛，轻轻地说："贝儿，妈妈爱你！"

贝儿问："妈妈，你有多爱我呢？"

我想了想，看着窗外漆黑一片，我说："贝儿，天有多大，妈妈就有多爱你！"

贝儿的眼睛里闪过一丝赞叹："哇！我的天啊！"贝儿说："妈妈，你可真是一个了不起的妈妈！"

假 花

家里的茶树开花了，粉色的多重花瓣，娇艳又美丽。

贝儿和我一起赏花，贝儿问："妈妈，这是真的吗？"

我说："是的，是真的花，贝儿可以用手摸摸。"

贝儿用手摸摸花瓣："妈妈，这是真花，假花呢？假花是什么样子呢？"

我想到了客厅的跳舞兰，这是家里唯一的一盆仿真花。我从跳舞兰上摘下一片叶子，花形很像真花，但摸在手里的感觉，还是和真花完全不同的。贝儿拿在手上，不出声。我说："你可以用力地捏它，揉搓它，是假花没有关系的！"

贝儿用力捏了捏花瓣，抬头看着我说："妈妈，假花就是好勇敢、好坚强的花啊！"

生气的妈妈

（一）

晚上，贝儿和我吵嘴，两人互不相让，声音越来越大。先生想要缓解我们的紧张气氛，把贝儿带出去散步。

贝儿走到路口，发现没有月亮：“爸爸，怎么没有看见月亮啊？”

爸爸说：“你刚才不是在生气嘛？月亮躲起来了！”

贝儿觉得有些道理，接着往前走。走了一段，抬头还是不见月亮，贝儿急了：“我都已经不生气了，月亮怎么还是没有出来啊？”

贝儿突然想到了什么：“我知道了，是妈妈还在那里生气，这个小气鬼！”

（二）

五位小朋友在家中大闹天宫之后，要分批回家了。面对着无法改变的分离，贝儿照例大哭了起来，哭泣的声音伴随着呜呜的抽泣。

屋子里一片狼藉，到处都是玩具，薯片散落在地上，拖鞋粘了糖浆，我感到眩晕。此刻需要的是全家人的齐心协力。我需要先生、贝儿和我一起整理，但两个人都噘起嘴巴，闷闷地做起来。

分配贝儿做的事情是最简单的，收拾所有的水彩笔、油画棒和铅笔，收纳到盒子里再放入抽屉；先生负责整理所有的卡片，按照卡片的内容先做好分类，然后放到书架的最下一层；其他物品的整理和收纳的工作都是我的，然后一起扫地和拖地。

我一边清洁一边和贝儿讲道理：

1. 朋友之间有相聚就会有分离，这是正常的事情，没有什么好哭的；

2. 邀请小朋友来玩，要先征得爸爸和妈妈的同意，否则，妈妈可能会疯掉或者累死掉；

3. 聚会要有所准备，可以让小朋友们一起玩得更开心。

我想给贝儿一些暗示，获得她的理解和同情，做这么多的家务事可不是好玩的，妈妈忙碌的时候也没有时间可以来陪伴贝儿。贝儿停止了抽泣，眼睛不看我，嘴里叨叨着："知道了，知道了呢！"

贝儿想要的是疯玩，我想要的是保持家的秩序整洁。对此，贝儿是一个破坏力持续升级的小调皮，从自己的物品扩展到家里的各个角落，所向披靡。我原本规划了一些范围，比如，贝儿的房间可以“乱”一点，更“乱”一点，但贝儿一次次地跳出我画的隔离线，好似家里的各个区域都被攻城略地，而我总是节节败退，面对物品的混乱或是找不到东西的时候，我就会对贝儿发火，大声地训斥她。

为让贝儿了解我是就事论事，等情绪平复一些，我很认真地和贝儿沟通我的想法：因为你不听妈妈的话，妈妈有时候会生气，有时候会发火，但妈妈心里一样的爱你，哪怕是生气的时候，心里也是爱着贝儿的。

贝儿立即反驳：“那你干吗还要发火啊？”

贝儿说：“你生气的时候，我的心就掉到厕所里面去了，你这个臭妈妈！”

我心里暗暗下决心，我要尊重贝儿，有任何问题用沟通的方式引导贝儿，而不是对着她发火。比如，我可以尽量地给予贝儿“建议”，而不是强制性的命令和说教。

我喜欢和贝儿之间独有的谈话方式，就是把贝儿抱到我的身上，眼睛看着眼睛，我把我的“建议”一句一句地向贝儿表达。

妈妈给你三个建议：

1. 自己整理书包，动作快些，别拖沓；

2. 自己整理房间，让房间变得整洁；

3. 作业本写完正面，再写反面。

贝儿一脸的懵懂，眼睛里没有任何反应，只问一句："妈妈，什么是建议？"

我感觉贝儿要上钩了，很耐心地解释道："建议就是妈妈告诉你解决问题的方法，你可以听妈妈的，也可以按照自己的想法来决定要怎么做。"

"哦！"贝儿点头，她看着我的眼睛，脸上没有任何表情，她一字一句地说："妈妈，我建议你别为这些事情生气。"

馒头记

（一）

我赶到幼儿园接贝儿，时间已经很晚了。贝儿习惯了我总是最晚来接她，不过我已经饥肠辘辘，又饿又累，恨不得牵着贝儿的小手立即飞回家。

七点钟，是幼儿园吃晚点的时间，哈哈，我看到老师们正在给小朋友们分配香喷喷的热馒头，看着忍不住要流口水呢！

我轻轻地说："贝儿已经吃过晚餐了，妈妈还没有呢，分一点给妈妈吧！"

贝儿分了一点，真的是一点啊，大概只有五分之一，还挂着不情愿的表情！

心里好气，更觉得饿了！贝儿原来不关心妈妈，也不懂得照顾妈妈。

我和贝儿说："如果是妈妈的馒头，我会把大部分给你吃！如果你饿了，我会全部给你吃的！妈妈可以这样对待你，为什么你不能这样对待妈妈啊！"

贝儿看出来我有些生气，赶紧又分了一点点馒头，就是一点点，然后就把剩下的馒头一次性全塞到自己的大嘴巴里面了。

（二）

今天去接贝儿回家，又晚了，又是七点钟的晚点心时间呢！

贝儿拿起一个馒头和许老师大声地说再见！刚出教室门，就把馒头塞到我的面前："吃吧！妈妈！"

妈妈感动了，立即轻轻地咬一口。

贝儿不肯，又把馒头送过来："吃吧！"

妈妈又感动了，继续轻轻地咬一口。

贝儿还是继续，把馒头送到妈妈的嘴边："吃吧！"

妈妈感动极了，再轻轻咬了一口，抱起贝儿，全身就像电击了般震撼。是的，妈妈不饿，贝贝吃吧！

贝儿的眼睛里面闪过一道亮光，把剩下的馒头全部塞进嘴巴，大口大口地嚼起来。

是啊，贝儿的嘴巴好大啊！干掉一个馒头真是神速啊！贝儿知道关心妈妈了，知道把好吃的东西让给别人吃了。

红色的蝴蝶结

贝儿，今天你很伤心地哭了，妈妈却什么也没有和你说。不是不想安慰你，而是不知道应该如何帮助你，所以我什么也不会说。

我们要一起离开幼儿园的时候，夕又向严老师要那个红色蝴蝶帽，严老师立刻就答应了。这是老师上课的道具，用卡纸做的，鲜亮的红实在是漂亮啊，妈妈也很喜欢。没有想到，瞬间就戴在夕又的头上，你忌妒、失望、伤心！你冲到教室的角落里大哭，不停地跺脚！我看着你哭红了双眼，可是即使这样，红色的蝴蝶帽也不属于你。

贝儿，你一天一天长大，喜欢的想要拥有的也越来越多。你想要的彩虹袜子和小蜜蜂的外套，你想要小熊维尼的动画片和芭比公主的新发型，天空放晴的时候，你大叫着说想摘一朵云彩摸摸。还有，你说要一个闪闪亮的宝盒，啵灵啵灵的闪亮，一边是金黄，一边是大红……

贝儿会为有些不能得到的东西而生气、流泪，次数多了，我感受着你不断加码的要求都有些厌烦。妈妈不是机器猫，不可能实现你所有的愿望。所以，你在回家的路上责备严老师的时候，我一句话也不想和你说，就当作没有听到。

贝儿，我现在最大的愿望是希望你能尽快地学习认字和写字。当你长大一些再来看妈妈写的这些，你会知道，大部分的想法是不切实际的，难以实现。

我们会羡慕别人得到自己喜欢的东西，我理解你的感受，但我也要告诉你，不切实际的要求和忌妒心都是需要克制的。克制是什么，我暂时还和你说不清楚。

记得上次幼儿园排演《白雪公主》的童话剧，贝儿多么想演公主啊，可是老师却让你扮演小矮人。妈妈偷偷打电话给老师，让你在排练的时候有了一次当白雪公主的机会。

贝儿，无忧无虑的公主生活在童话城堡里。在妈妈的生活中，每天都有不开心的事情，有不顺心的事情。生活的如意，有时候只会是一些点缀，就像雨后的彩虹，闪出一道光亮，然后就会消失。贝儿，我们看到彩虹消失的时候，也没有选择。

贝儿，妈妈或者其他人，都不能为你打开所有的门。如果你再遇到蝴蝶结的烦恼，妈妈希望你可以自己做一个，或许会更加漂亮。

2006 — 2012

湘潭

2

陪你慢慢长大

满世界的陌生人

贝儿上小学的第一天，全家人都起个大早。

贝儿坐在小板凳上，叮嘱我说："妈妈，请给我扎个漂亮一点的辫子吧！"

谈心的好机会不容错过，我赶紧说了几件在学校里的注意事项，比如，要知道自己班级教室的名字和位置，记住老师的姓名，要记下老师布置的家庭作业，要注意安全……说完让贝儿温习一下。

还好，贝儿似乎都还记得几个重点。最后，贝儿扬起脸看着我，一本正经地提了一个要求："妈妈，请你再也不要和我说那个'不要和陌生人走'的事情了！你已经说过了一千遍，加上爸爸和爷爷、外公他们说的，我的脑袋已经装不下了！"

到了学校，教室里已经来了很多孩子和家长，贝儿的教室在二楼，家长和孩子们围在讲台前，把门都堵住了。

太阳已经高高升起，阳光透过教室的窗户在小朋友们的课桌上画了几根斜斜的线条，每一个孩子的眼睛都闪闪发亮，大家都在说话，叽叽喳喳的，热闹非凡！贝儿拉着我，贴着耳边轻轻地说："妈妈看，这里都是我的啦！”

还有一个重要的事情，带着贝儿去中午午托的地方。肖叔叔的家离教室不远，也不需要出学校大门。我们把贝儿在这里午托的事情沟通好之后，肖叔叔拉住贝儿补上了一课：“贝贝小朋友，你一定记得不能随便离开这里，不能和陌生人走，如果你不能答应我，我就不能同意你在这里午托！”

贝儿皱起眉头一声不吭，但还是认真地点头答应。

贝儿上学读书了，这是多么重要的时刻啊！激动的心情参杂着担心和焦虑，贝儿拉着我的手出门，长舒一口气，她摸摸自己的额头，闷闷地说：“妈妈，你看！满世界都是‘陌生人’。”

第一次做家务

贝儿上小学了，我想要培养她的服务意识，有动手做事的能力。在学校班级里有需要的时候，贝儿愿意出力，愿意为他人服务，会主动把事情做好。

第一次正式做家务活，我把家里“玄关区”的整洁工作交给贝儿来整理和打扫。

首先，我想把一份日常又重要的家务事，家的“玄关区”的日常整洁工作交给贝儿打理。

玄关是进入家的第一个位置，它代表了家的温暖和秩序。所以，玄关区应时刻保持整洁：

1. 鞋子摆放整齐；

2. 我们出门穿的鞋子和室内的拖鞋要分开摆放，方便拿取；

3. 玄关区域会摆放装饰用的小摆件或植物鲜花等，要及时浇水、换水；

4. 钥匙、钱包等重要物品要及时收到抽屉里。

我先把日常的操作示范一遍，玄关柜里如何摆放鞋子，室内和室外穿的鞋要分区域摆放，拖鞋要这么放，皮鞋要这么放，左脚和右脚不能放反喽！贝儿有模有样地练习之后，摆鞋子的工作就轻松完成了！贝儿说喜欢这份“工作”，她知道了每一双鞋子都要摆放整齐，整齐了才“漂亮”！

我继续示范了如何擦皮鞋，把家务技能又拔高了一点点。贝儿眼看着我动作麻溜地擦好了黑皮鞋，她觉得这家务活一点也不难，不就是擦擦擦吗？擦掉灰尘，擦上鞋油，擦亮表面。

贝儿和我一起动手干起来，放在门口的每一双鞋子都整齐、锃亮，打开家门时，空气中都飘散出快乐来。

我激动地说：“贝儿，你能把玄关整理得这么好，妈妈要把家里更大的一块地方分配给你来负责……”

我的小心思还没有动完，贝儿尖叫起来，一边后退，一边摇头：“谢谢你，妈妈！我做好我负责的这块地方就好啦！”

贝儿激动得把口水飞溅到我的脸上，立即逃跑了。

吻

（一）

贝儿的老师有很多可爱的贴纸，或是星星，或是红花，或是小红旗，这些贴纸代表的是夸奖、赞许和鼓励。

我常常在贝儿进门的瞬间看到她脸上的那一枚可爱的贴纸，大部分情况是贴在贝儿的额头中间，有时候会贴在脸颊，这是贝儿最受用的奖励之一。

睡前，贝儿和我说出了一个小秘密："妈妈，老师给我贴上的贴纸没'力气'就会掉下来的！你知道怎么让贴纸更有'力气'吗？我用一点点口水亲亲，亲亲它，它就又有'力气'了呢！"

（二）

贝儿有一些慢，走路慢，写字慢，完成作业也是慢悠悠的。我看着有一些着急，轻声细语地提醒她，稍微严厉一些地提醒她，但贝儿依然还是慢悠悠节奏，她从容不迫地按照自己的速度行事。

我想，贝儿有她自己的节奏，那我就只能沉住气，等她一天的日程完成。每一次等到贝儿说作业完成的时候，已经是夜里十点钟了，这时的我和贝儿都好疲惫。

今天贝儿放学，回家就冲到我面前告诉我好消息，作业已经全部完成！

哇撒！太棒了！这真是一个振奋人心的好消息，我们不仅可以早睡，还有时间可以看看童话书或是疯玩一会！

我一把抱住贝儿狂吻，吧唧吧唧的口水声音让贝儿憋足了气大叫："妈妈啊，是因为老师的作业布置得少，所以可以提早做完，别骄傲，别骄傲了！"

一起上班吧

先生打来电话，说他有重要的工作要晚些回家，贝儿放学后必须由我带。他把贝儿送到公司楼下就走了，而我也要加班，贝儿需要在办公室陪我工作一些时间才能一起回家。

一边上楼就一边和她说办公室的一些规矩：

1. 不要影响我们工作，办公室还有其他的员工，工作中不能被打扰，贝儿要安安静静的，尽量不说话；

2. 妈妈还在工作中，贝儿可以写作业、看书，等妈妈完成工作之后，我们才能有饭吃。

贝儿很懂事，走进办公区，她在我对面的桌子上画画，写作业。时间过去了一个小时，同事们陆续都回家了，只留下我和她。贝儿开始催促我，轻声和我说："妈妈，还要等多久？可以去吃饭了吗？"

我不耐烦地说："你催促我，我怎么工作？"贝儿更加不耐烦地反驳："你是因为自己不专心，所以被留校吧！"

孩子怎么有这么敏锐的观察力，居然能知道我加班背后的原因！

是的！我的工作报告还没有做好，才一直在赶。贝儿一眼就知道“被留校”了！哈哈！贝儿真的是天才！

接着，贝儿“参观”了妈妈的办公室，提出了一个问题：“妈妈，你是这里的领导吗？”这个问题让我有点得意：“是！”我肯定。

贝儿继续：“妈妈，你要给这些叔叔和阿姨打分吗？”

“是的！”我继续肯定（我们每个月都有绩效考核），“这里发生的事情，妈妈都会负责任。”

“妈妈，你真棒！”贝儿用上了我经常用的这个词，眼睛里流露出羡慕和开心，继续问道：“妈妈，你是怎么当上领导的？”

我告诉贝儿：“妈妈一直在认真地学习，用心地工作，去做好每一件事情！”

贝儿说：“妈妈，你真的很棒！”我的心划过一道亮光，我热爱着我的工作，贝儿的称赞让我骄傲，这是“工作”给予我的角色，它与我的生活同样重要。

想要一次假

星期天，贝儿半趴在地上，无精打采，嘴里嘟囔着："郁闷！"

感觉贝儿的心情很差，这是很少见的事情，这时候仙女妈妈当然要出现了。我问贝儿："什么事情贝儿不开心？"

贝儿闷闷地答："没有一次假！"

我不明白："什么？"

贝儿闷闷地答："没有一次假！！！"

我更糊涂了："什么假？"

贝儿生气了："我没有一次假啊！没有一次！"

我蒙掉了："什么一次一次假啊？"

贝儿真的生气了，从地上站起来，冲着我大声说："我上学这么久了，没有一次生病，没有一次请假，一次假都没有！！！"

原来是这样的！"一次假都没有"的郁闷啊！

我明白了，贝儿的烦恼是上学之后一次病都没有过呢！没生病当然就要天天上学，也就没有"生病"的理由可以有"一次假"。原来，贝儿和我小时候一样，会莫名其妙地盼望着自己生病，如果严重到不要上学的情况，就能享受一些特别的照顾：有好吃的，可以躺在家里不用上学，妈妈还会来学校把我接回家啊！那真是一件很惬意的事情。

我轻轻地摸摸贝儿的额头，“啊！好烫啊！贝儿现在高烧一百零一度，赶紧给唐老师打电话请假吧，你这个情况必须在家里啊，明天就不要去上学吧！”

“好耶！”贝儿精神焕发，跳起来紧紧地抱住我说：“我最喜欢你啊，妈妈！”

贝儿立即冲出房间消失了，仙女妈妈还沉浸在贝儿的赞美中，贝儿需要的不是“一次假”，是一份理解。

被打了之后

贝儿回家和我们诉说了她在学校被“打”的事情。

她描述的经过是这样的：一个大哥哥在她玩耍的时候突然“袭击”了她，打了贝儿的脑袋，还把贝儿从一头踢到另一头，贝儿说她在学校难过得大哭了一场。

呜呜！怎么会发生这样的事情！我听了怒火中烧，想立即变成蜘蛛侠，把那个小男孩一把抓成粉末！！！但是，此刻无法知道那个小朋友为什么要打贝儿？更无法去现场勘察，无力去捉拿“案犯”，贝儿被坏小孩欺负了，世界上还有比这更糟糕的事？只是，贝儿和我们说的时候，全然没有什么哭诉的状态，俨然是讲一个精彩的“故事”，嘛着小嘴，双手不停向我比画着当时的场景，脸上挂着自然的微笑。

听贝儿的诉说，看着她的笑脸，与我内心的愤怒相比，贝儿的心态平和多了，纯净清澈见底。从贝儿的神情里，我觉得又并不是什么大事情了。过去就过去了吧！也许明天太阳升起的时候，贝儿就忘记这件事了，那我也忘记它吧！

礼　物

要下暴雨了，天空阴沉沉的，我把室内的灯打开，心里担心着贝儿路上的安全。

小学三年级的贝儿拥有了一把家里的钥匙，放学之后可以自己回家，自己开门了！

心里有一种预感，贝儿或许已经到楼下了！

我赶紧打开窗户探身往下看，贝儿居然在楼下正望着我，我们四目相对！贝儿扯起嗓子大叫："妈妈，我给你准备了生日礼物！！！"

我看着她双手紧紧抱着胸口，飞奔上楼来！楼道间是贝儿急匆匆的脚步声。

到家了，贝儿说："妈妈，我要送你两个礼物！"

贝儿把紧抱着的胸口轻轻打开，一个雪白的轻巧到极致的礼物展现在我的面前："妈妈，看！蒲公英！"

啊！贝儿的手心捧着一棵蒲公英，小小的，轻轻的，柔柔的。真不知道贝儿如何做到手捧着它，迎着大风，走了这么远的路带回家来。

惊喜还只是开始，贝儿说还有第二个礼物。

贝儿踮起脚贴着我的耳朵："妈妈，我要送你的第二个礼物就是'主动'！"

贝儿的大眼睛清澈明亮，一字一句地补充"主动"礼物的细节内容："我今天要主动地写作业，主动地练习钢琴，主动地洗澡，主动地睡觉……反正都是'主动'！"

我想起在一个月前，在贝儿八岁生日时许下的生日祝福就是"主动"啊！祝福长大的贝儿能主动地去做自己要做的事情，原来贝儿都放在心上呢！"主动"是好好生活的魔法棒，我也要写出明天的工作清单，罗列出必须做的事情还有主动要去做的事情，妈妈仙女要加足马力飞到人间了！

又生气了

最近总有工作困扰，在看几本关于“情商”的书。

贝儿见我很认真阅读的样子，关心地问：“妈妈，你在做什么？”我说：“妈妈在学‘情商’，就是一个人要了解自己的情绪、控制自己的情绪，还要了解别人的情绪、不会被别人的情绪所影响……”

我越说越激动的样子，贝儿摆摆手，捂住我的嘴巴：“妈妈啊，放松，放松……”

啊，是的，贝儿的情商很高。就在我想要和贝儿聊情商的节骨眼上，先生的情绪又一次失控了。过程是蛮吓人的，先生火气大到要把屋子都“燃烧”起来了！我能怎么办呢？只好立即带上贝儿撤离雷区，两个人逃到了小区前门的篮球场。

贝儿用我的手机给爸爸发了一条短信：“请您原谅我，爱你的贝贝。”这句真挚的告白，先生立马败下阵来，如同火箭般冲到操场与受伤的母女会合。

先生紧紧地抱起贝儿，我的手机上看到一条新的短信：贝贝，爸爸也爱你，爸爸的爱更多……

贝儿摆摆手，还是那句话："爸爸啊，放松，放松……"

这一年的工作时间不断延长，身心都很疲惫。每天必须六点起床，否则就赶不上七点半的集合。这一天出了大大的意外，我居然没有被闹钟闹醒。我惊醒之后看表，已经是七点钟了。

那一刻的心情，像是一个燃烧的汽油瓶，呼呼地冒着"火焰"！我第一个反应就是要责备先生，因为他有义务要提醒我的！先生听着我的咆哮，也很着急，贝儿知道我要迟到了也着急，但她还是轻轻提醒我："现在还是爸爸的快乐月哦！（11月是先生的生日月，所以是快乐月）还没有结束啊！妈妈怎么忘记不能生爸爸的气了……"

最后的程序是整理我的"卷发"，但是贝儿爸爸在洗脸盆边上刷牙。我又大声起来："快一点！我要迟到了！！！"

先生把位置让给我就走开了。贝儿走到我面前，她看着我的眼睛，表情很严肃，她认真地对我说："妈妈，前面（妈妈一直在生气）我就不说你了！但是，妈妈你开车一定要注意安全啊！"

贝儿总是让我在忙乱和失态中羞愧至极，我意识到自己这个样子真像个小丑。我赶紧答应说："好！"一边快速地冲出家门，一边大声对贝儿和先生说："亲爱的，再见！我会小心开车的！"

° 小学

我喜欢把纸条塞在贝儿的书包、文具盒或是课本里，贝儿也会给我们写纸条，也开始用写信的方式和我们表达她的想法。

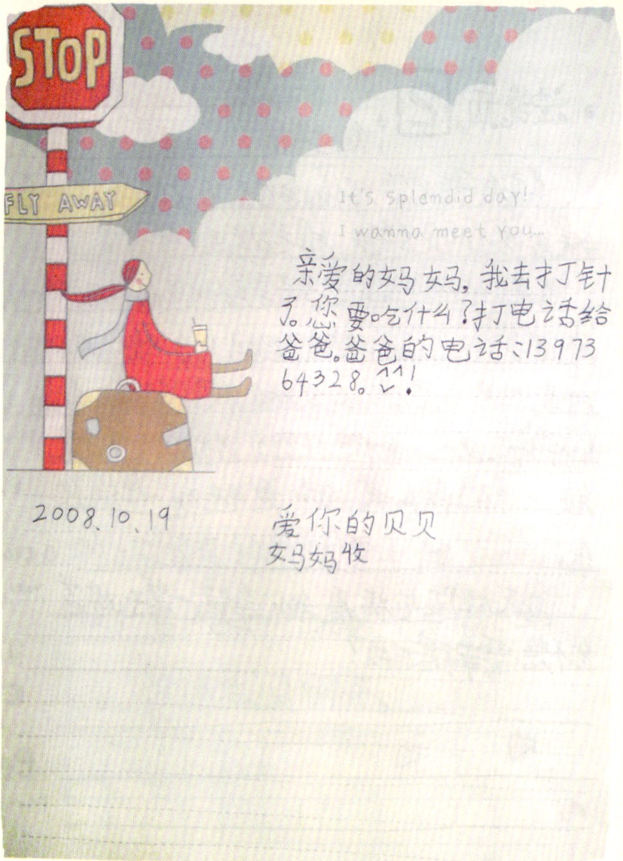

亲爱的妈妈，我去打针了。您要吃什么？打电话给爸爸。爸爸的电话：1397364328。^^！

2008.10.19

爱你的贝贝

妈妈收

亲爱的爸比和妈咪：

您好。

谢谢您把我养这么大，

谢谢您对我付出了这么多，

谢谢您给我这么多幸福

谢谢您在我最痛苦的时候陪我。

您的孩子：贝儿

2010年1月2日

诚信守则

1. 答应了别人的事要做到。

2. 答应别人可以借钱才可以，要定期还。

3. 不能欺骗他人。

4. 不能说出别人的秘密。

5. 决不食言。

妈咪：

您好，

失控的夜晚

先生最近很忙，我也忙，整整一个星期，贝儿放学后都在五楼的大贝贝家吃晚饭。

我回家的时候，天已经黑了，身心也疲惫至极。

不知道什么原因，和贝儿说数学作业的时候，我烦躁到要爆炸，首先是踩踏了贝儿的两支自动铅笔，然后把贝儿的抽屉翻个底朝天！扔掉了贝儿两个文具盒、大堆贴贴纸、废纸、撕烂了几个本子……

"糖贝贝，你写作业怎么这么慢！"

"糖贝贝，看看你的本子，本本都只写了三张纸，太浪费了！"

"糖贝贝，再也不要用自动铅笔！"

"糖贝贝，你为什么不早些写作业！总是拖！"

我扯着嗓子在房间里放肆起高腔，贝儿在一旁默不作声。我高叫一声，贝儿就赶紧低头应着。与平日先生发怒相比，贝儿既没有害怕得颤抖，也不失声哭泣。就这样，在情绪失控的负能量强力发射之后，我也累极了。嗓子痛，头痛，心也痛。

我意识到，自己这样做并不能帮助贝儿完成学习的任务，我紧紧抱着贝儿，厚着脸皮为自己的失态圆场："贝儿，妈妈说的这一些都要认真改正。你一定要知道，妈妈在生气的时候还是爱贝儿的！"

说到最后一句话的时候，我的声音上扬，因为重点是：妈妈爱贝儿。"我知道！"贝儿大声地回应，以最快的速度给妈妈一个吻（小嘴贴到我的唇，对吻）。眼睛里满是理解、体贴、可爱的笑意。

妈妈失态的咆哮换来的是贝儿甜蜜的吻，妈妈突然感觉又被"教育"了，我的气消了，身上的刺都被贝儿的吻一根根拔掉了，这一瞬间感觉和贝儿的关系更"铁"了！

暴风雨过后，贝儿很快就睡着了，睡得很香，我呆坐在床头仿若迷途的羔羊，眼前浮现贝儿在婴儿床上的模样，那时候贝儿的每一个细胞都是那么可爱，纯粹得可爱。此刻，贝儿的"可爱细胞"里掺杂了一些不切实际的期许，我为自己的粗鲁行为感到羞愧。

眼前黑压压一片，小学三年级啊，漫漫征程才开始。我决定以后不再看贝儿的作业了，贝儿自己完成作业好了，相信她可以独立完成，相信她可以慢慢地做好。

从此之后，我和先生不再管贝儿的作业。作业需要的签名都是贝儿自己签，签爸爸的名字可以，签妈妈的名字也可以，自由发挥。

洗碗这件事

2009 年新年的时候，我和贝儿计划好了，贝儿要开始负责家里洗碗的活。这个家务活不重也不轻，干起来还挺有意思。贝儿爸爸也说了，一定把正宗祖传的洗碗技术毫无保留地传授给糖贝贝！

“好的！”贝儿也不含糊，就这么接招了！

元旦最后一天假期，贝儿的外公、外婆、爷爷、婶婶、叔叔、丁丁都来了，这一次的聚餐一共有九个人，洗碗的工作相当于平时的三倍。

听说贝儿负责洗碗，外婆非常不满，眼睛直泛绿光，那种饱含着秒杀冲击波的目光向我对视几次无果之后，几次想靠近洗碗池伸手救援，但迫于我和先生的坚决，只好远远观战。

贝儿依然是笑呵呵的，挽起袖子就干活。看着厨房里堆得像山一样的碗，慢慢在贝儿手上变得井井有条，我和贝儿的心底都乐开了花。

劳动是让人快乐的！贝儿在期末前的语文预考试卷中以“第一次洗碗”为题写了一篇作文，内容如下：

今天晚上，我（第一次）来负责洗碗，但我家却来了很多客人。有丁丁、叔叔、爷爷、婶婶、外公、外婆，有六人，加上我、爸爸、妈妈，一共是九人。还要加上盘子、锅子……我的老天，这么多！外婆心疼地说："好可怜！"妈妈郑重地说："劳动是最基本的！"

外婆被妈妈阻止了，看来我是无药可救了！没办法，只有听妈妈的话了。

开始洗碗了。先滴洗洁精，不能滴太多，洗洁精很贵的！接着，洗筷子（筷子是妈妈在阳朔买的，很贵的）轻轻搓一下就可以了。洗碗时，先洗盘子再洗大碗，最后洗小碗。锅子由爸爸洗。到了最后一关了，妈妈告诉我："先把水调到适合的温度，要注意感觉水温，要注意水的温度，然后开始冲洗，冲洗干净之后才能放回原处。"

最后，菜锅里的渣，多的要倒到厕所里，少的就倒到池子里（放入垃圾袋）就可以了。

哇，原来洗碗也很快乐呀！

家的清洁规定

在最近的家庭会议中，我准备了一份 A4 纸打印的“家庭文件”，题目是：每日都要炒现饭！

“文件”列出了日常生活中必不可少的家务事，“炒现饭”就是每天都要打扫和清洁，一家人要共同维护家的干净和整洁。

会议内容只有两项：一是学习，二是签字“同意”。

我大声宣读的时候，贝儿在一旁总是捣乱，我不得不起着高腔逐条讲解。只等我说完，贝儿起身就要走开：“我走了，睡觉去！”我说参加会议的家庭成员必须都签字同意才可以散会啊！贝儿爸爸又从头到尾看过一遍，大笔一挥：“坚决执行！”。贝儿见爸爸签过字，也乖乖签下大名，大呼一口气：“妈妈！这下可以散会了吧！再见了！”

“每日都要炒现饭”文件内容：

1. 顺手清洁。物品用后要及时放回原处，绝不要有“等一下”再做的拖延，这是脏乱的源头。例如，贝儿爸爸的紫砂杯，每晚睡前要倒掉茶叶放在餐桌的托盘上以备次日使用；贝儿钢琴课专用的书袋要放在钢琴凳的坐垫下，起床后立即叠好被子，床上无杂物。

2. 睡前要做的卫生检查和整理：

- 摆放好门口的鞋子；
- 桌上整洁无杂物；
- 沙发上无关的物品收纳好，茶几桌面整理好；
- 餐桌只能放置托盘和一盒纸巾，托盘里放置一家人的水杯和冷水壶；
- 厨房整洁，没有未清洁的物品，台面没有水渍；
- 阳台无杂物。

3. 做好第二天的准备，睡前整理好房间并准备好第二日所需的物品：衣服、鞋子、包包等。

4. 每天（扫帚）清扫地面，吸尘器每周三和周日各作业一次。

5. 洗脸台备有一块海绵抹布，使用后要随时将水渍擦拭干净。

6. 洗衣机每天使用一次，不囤积待洗的衣物。

7. 出门前例行检查：关窗，关火（天然气），关闭电器电源。

钥 匙

春天的时候，贝儿的钥匙不见了。这是家里的大门钥匙，又没有多的，当然很重要，为此一家人翻箱倒柜寻找钥匙。

每找一次无果，我就会把贝儿责备一通，说贝儿太粗心了，总是忘东忘西！贝儿当然也很着急，但所有的地方都找过也找不到，贝儿也只能闷闷地听候妈妈的数落。

一天，我拿出了那件米色的外套准备出门。穿在身上后发现口袋里有东西，伸手拿出来，就是贝儿的那一片钥匙，

贝儿专属的门钥匙，系着粉色的带子。我想起来是自己临时用过贝儿的钥匙，放在口袋里，难怪一家人怎么找也找不到这钥匙，贝儿却因此一次又一次被我责怪。

我立即打电话给贝儿："贝儿，钥匙找到了！对不起，妈妈错怪了你……"贝儿听到妈妈的道歉很是平静，柔柔的声音从手机里面传过来："妈妈，好的，没有关系的，没事的。"

很多时候，总会以为自己的钥匙在别人那里，其实钥匙一直在自己的口袋里。

第一封电子邮件

亲爱的贝儿：

你好呀！这是妈妈给你写的第一封电子邮件，邮件是写信的一种方式，你有了自己的 QQ 账号，我们还可以通过 QQ 来留言、发送图片和文件。

贝儿，妈妈看到了你写给唐老师的信，你遇到了烦恼事，妈妈感受到了你的难过和解决问题的方式，贝儿做得很棒。

我们在生活中会遇到各种各样的问题，尤其是人际关系（就是与人打交道）的问题，遇到了不开心的人和事情，我们要处理好它。

贝儿今年十岁了，要开始学习如何与各式各样的人相处。比如，在你的班级，你能够与大部分的同学友好相处，能够帮助人也会被他人帮助，能理解他人也会被他人理解。同样，我们也可能遇到不被帮助，不被理解，甚至被误解的情况。

我在信中看到两位同学对你的评论，妈妈也为此感到难过。但是，我们的生活中很难要求别人都理解和相信自己。有时候，因为心态和看到事物的角度不同，就会导致人与人之间产生分歧、误会和冲突。他们的话让你感到难受，你的心情是可以理解的。但你应该做情绪的主人，你知道这件事的问题在于别人，还为此耿耿于怀、郁郁寡欢，那就太吃亏了。

如果遇到别人想打击你的时候，你受制于人，就正好让别人达到了目的！相反，如果你能调节自己的想法和情绪，做你想做的，玩你想玩的，不与人纠缠，大大方方地做你自己，不开心的事情只不过是过眼云烟，很快就会忘记的。还有，你的同学是同龄的伙伴，遇到这样的事情，不必把自己放在一个受害者的位置上，或找一个机会与之坦诚沟通、达成共识，或者一笑置之、当作一个冷笑话又何妨呢？

贝儿，如果遇到自己解决不了的事情就告诉妈妈，让妈妈来帮助你解决。

爱你的妈妈

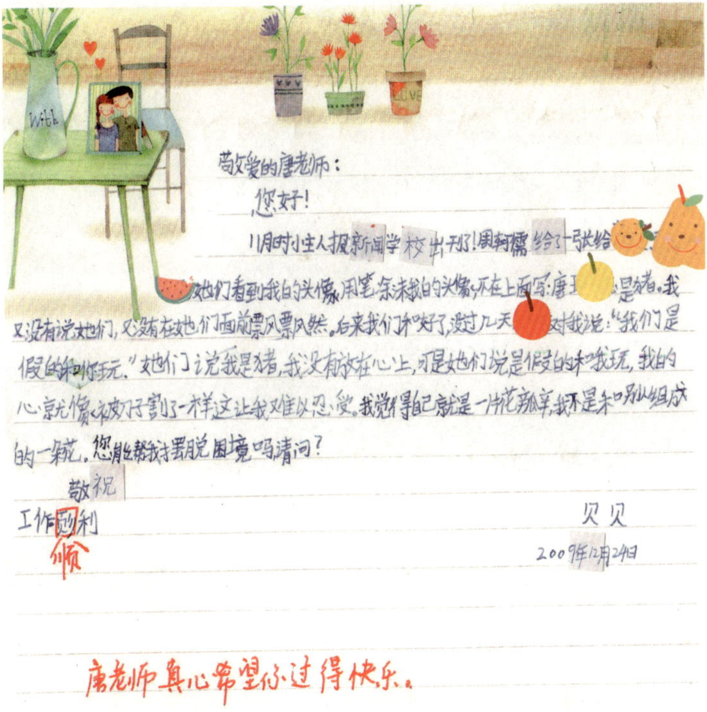

敬爱的唐老师：

您好！

11月时小主人报新闻学校出刊了！周珂儒给了一张给她们看到我的头像，用笔涂抹我的头像，还在上面写：唐[illegible]是猪。我又没有说她们，又没有在她们面前飘飘然。后来我们和好了，没过几天[illegible]对我说："我们是假的和你玩。"她们说我是猪，我没有放在心上，可是她们说是假的和我玩，我的心就像被刀子割了一样这让我难以忍受。我觉得自己就是一片花瓣，我不是和别人组成的一朵花。您能帮我摆脱困境吗请问？

敬祝

工作顺利

顺

贝贝

2009年12月24日

唐老师真心希望你过得快乐。

爱的短消息

我有一台几年前的诺基亚手机，虽然没有用了，但仍舍不得送人，也舍不得丢，这是一台贝儿用过的手机。

贝儿是三年级开始放学后自己回家的，为了方便联络，我和先生把家里一台闲置的旧手机给她用，方便贝儿在需要的时候可以联络我们，我们之间也有了一种新的沟通方式：手机短信息。

贝儿会在我出差的时候给我发消息，会在我晚上加班还没有回家的时候给我发消息，也会在一些不方便直接沟通的事情上发短信息来问我的意见。贝儿给妈妈的短信有甜言蜜语，也有牢骚埋怨，有鼓励和爱，也有犀利的批评。

手机里保存了我和贝儿之间的“短信息”，一些留在时光机里的片言只语。

◂ 贝贝发来的信息 ▸

2010.03.01 17:12

妈妈，永远爱您！

2010.03.14 10:12

妈咪，我开始讨厌您了。

2010.03.23 16:12

妈咪，我的作业错字很多，你都没有检查出来。

2010.3.30 08:12

我想您，您在哪里？

2010.03.31 17:34

明天啥时候回家，我想您了， 晚上注意安全。晚安！吻一个！吻一个！

2010.04.11 15:22

妈咪，高兴一点嘛！人生总有不开心的时候，不要难过了，ok ！

2010.04.25 13:14

这种时候我想保持沉默。好啦，好啦，对不起！

2010.06.29 17:20

加油，亲爱的妈妈

2010.07.12 06:40

愉快的一天开始了！记得，任何事情都要以微笑面对，因为那件事只是一张白纸。

2010.07.17 12:35

妈妈，你不能吃西瓜，报纸上说了，怕冷的人不能吃。

2010.07.24 14:17

今天我心情不好，不和你计较了，哼。

2010.07.28 07:42

妈咪，你可以去做你想做的事情，每人都有自己的生活，你太惦记我，反而会累。

2010.08.24 08:03

妈妈我今天不想去上课（不要给我打电话，发短信）

2010.08.26 20:45

晚安妈咪，做个好梦。

2010.09.29 09:05

我睡不着

2010.09.29 10:54

妈妈我好想你

2010.10.11 12:30

妈妈，我们这里的饭太难吃了，我不想吃。

2012.12.15 09:20

我亲爱的妈妈，对不起。爱您的贝贝

◂ 和贝贝互发的短信 ▸

2010.02.11 17:12

（贝贝）妈咪，没有人鼓励我完成作业，作业太多了，我又要弹琴。我根本完不成您的任务，对不起。（妈妈）无论你是否完成...妈妈都爱你...妈妈希望你说到做到...克服困难！

2012.05.13 8:53

（贝贝）妈，我穿你那一条牛仔裙好不？

（妈妈）妈妈回复：好，但是今天气温很低

2012.05.29 10:38

（妈妈）贝儿，别把那把大伞给弄丢了！

（贝贝）贝儿回复：今天没带。

2012.5.30 20:47

（贝贝）妈妈，我对今天的事情感到抱歉，对不起！所以，请不要生气了！......晚安。

（妈妈）妈妈回复：晚安：）

2012.06.11 12:19

（贝贝）妈妈，我的肚子不舒服，学校的东西太腻了，我觉得要去医院。（妈妈）妈妈回复：好的，我等下就来。

家里挂了一块小黑板

客厅挂了一块小黑板，挂在门口鞋柜的上方，非常显眼的位置。

小黑板，几支粉笔，是生活的留言本。我留言给贝儿，贝儿留言给我，写的都是我们的日常。出门之前想要留言给贝儿，让她回家就能收到妈妈的消息。回家的时候，也忍不住马上凑近看看黑板上有没有新内容。

星期天，我睡了个大懒觉，醒来时，家里静悄悄，一个人影都没有。贝儿呢？我看到留言板上有贝儿的话：MM（妈妈），可能你醒来时，我已经出去了，我去吃米粉了！

打电话给贝儿："贝儿，你在哪里啊？"

贝儿说："妈妈，我在回家的路上了。"

我问贝儿："经过包子店了吗？"（我最喜欢吃那里的银丝卷）贝儿说："已经走过了，就快到家了！妈妈有事情吗？"

我和贝儿说："妈妈想要你带银丝卷回家呢！"

贝儿说："妈妈，我已经帮你买了银丝卷了！还带了你最喜欢吃的热豆腐呢！"

打开它

记得检查
关灯
关电源
摆好鞋子

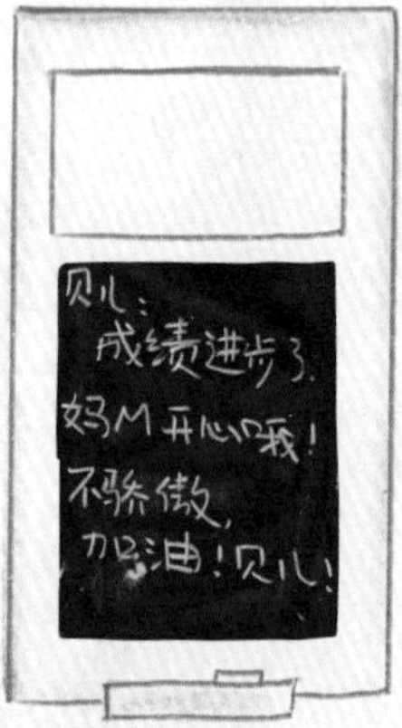
贝儿：
成绩进步了，
妈M开心哦！
不骄傲，
加油！贝儿！

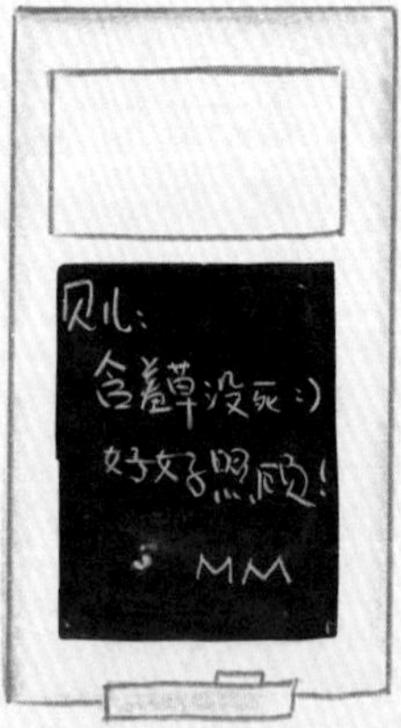
贝儿：
含羞草没死 :)
好好照顾！
MM

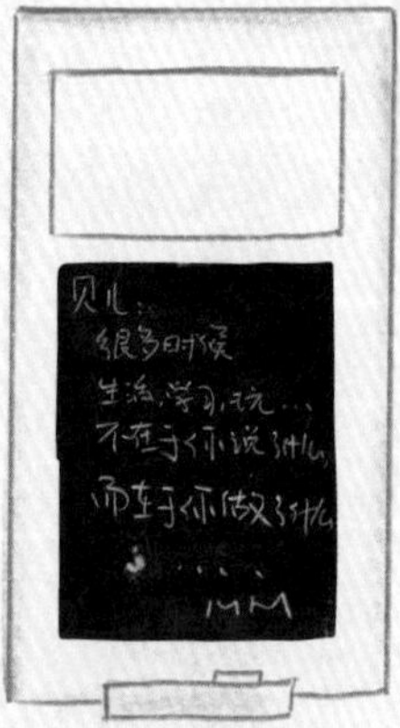
贝儿：
很多时候
生活，学习，玩……
不在于你说了什么，
而在于你做了什么
……
MM

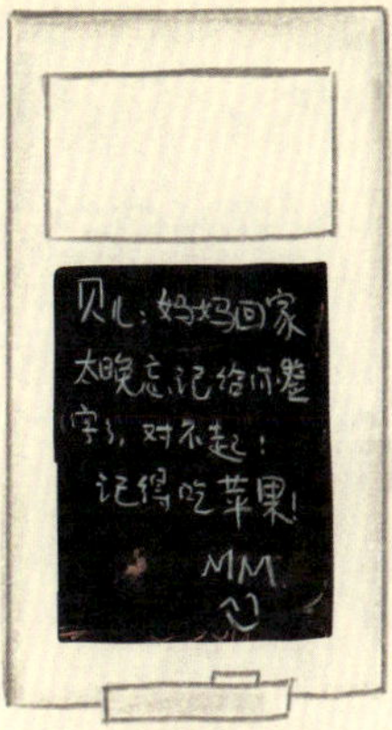
贝儿：妈妈回家
太晚忘记给你签
字，对不起！
记得吃苹果！
MM

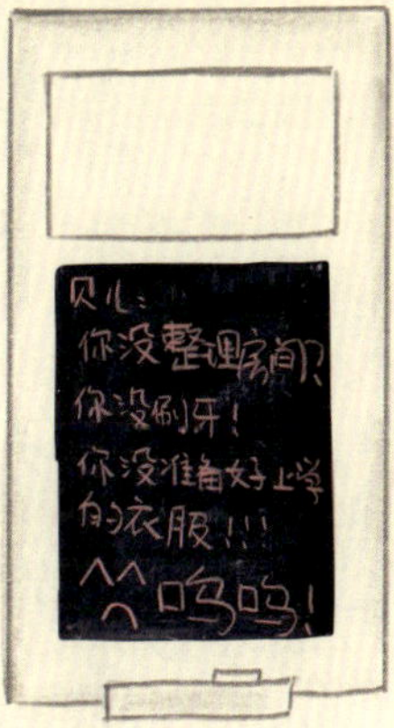
贝儿：
你没整理房间！
你没刷牙！
你没准备好上学
的衣服！！！
呜呜！

贝儿：感谢你的
劳动，这是你应
得的奖励！
妈妈

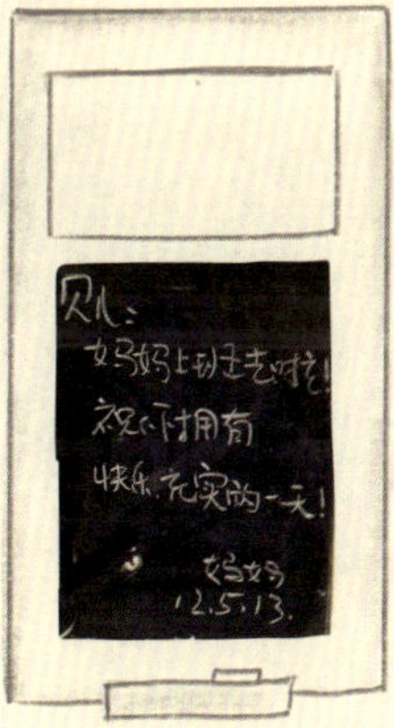
贝儿：
妈妈上班去啦！
祝你拥有
快乐、充实的一天！
妈妈
12.5.13.

MM：可能你
醒来时，我已经
出去了。我去
吃米粉了
beibei

2012—2018

长沙

3

我是这样的爱你

写给明天的工作

有一个心愿，希望贝儿“尽早”地工作，期待贝儿在工作的体验中获得与社会有关的成长经历。

在开启初中生活的暑假，贝儿会去朋友开的一间花店工作两周的时间。看到贝儿在网上搜“工作的准备”，我在心里偷笑了，因为我有为贝儿写一份工作准备的提纲：

1. 了解自己的工作内容（专业词语是工作职责）和工作标准；

2. 学习工作内容相关的工作流程和标准（专业词语是工作技能），比如，打扫和整理，了解工具的名称、清洁的范围、垃圾的处理等；

3. 观察并学习如何接待顾客。观察工作伙伴是如何做的，谁是做得最好的，他们在这个过程中是如何与客人沟通的。如果有接待客户的机会，要有礼貌，要看着对方的眼睛说话，保持你的微笑；

4. 你可以去做到的：

- 当别人叫你的时候，热情地回应（收到！好的！马上来！）；
- 面带微笑与人交流（接听电话的时候也要保持微笑），主动说：您、请、谢谢之类的词。

- 遇到问题先不急于下结论，给自己一些时间观察一下，好心态是最重要的，不要把负面的情绪带给他人。
- 如果遇到自己感兴趣的事情，可以设法主动去了解，当接受到工作任务，应该在工作完成之后立即反馈（专业术语有沟通、汇报、报告），让你的工作伙伴、老板知道你的工作进度和工作结果。

最后叮嘱你一定要注意的：

- 自身的安全；比如，发现有异常的气味（声音），你就应该及时检查是不是有什么状况……
- 不拿不属于自己的任何物品和现金；
- 诚实。

贝儿，主动学习会更快地胜任工作。工作就像是切洋葱，要勇敢地打开它，感受它的滋味。工作的意义会带来更广阔的视野，是你走向未来的必经之路。

意　外

我想要贝儿“工作”的心愿被身边的同事知道了，同事 CC 邀请贝儿在她的小组做志愿者，具体的工作是去接送一位知名主持人。虽然贝儿的年龄不太能胜任这份工作，但这件事并不是我的工作范围，贝儿也鼓起勇气说要去，我也只能静观其变了。

后续的情况，是我在贝儿的日记中才了解到的。主持人的助理在车上看到贝儿之后，就提出来不能让贝儿参加相关的工作，对方非常坚持，CC 协调不了也就只好让贝儿先回家。司机说要赶时间，在路边就把贝儿放下了。贝儿一路爆哭，觉得很委屈。但她在 CC 面前没表现出来，在我面前也没有，只是告诉我工作内容有了调整。

贝儿在日记中写道：

我只想赶紧逃离那一辆车。

我只想好好一个人静静。

我只想马上卸下自己伪装的坚强。

……

事后，CC 和我沟通，她感到抱歉又无能为力。而我觉得，这就像是注定要经历的人生功课一样，我觉得贝儿完成得不错！

有些事不是我们能把握的，生活和工作往往和我们期待的有着很大差距，贝儿遇到的就是现实版的工作暴击，没有给机会，也没有任何解释。

既然是这样，也没什么好抱怨的，甚至不能让别人看到我们受伤，也不能告诉家人让人担心，委屈的苦水一个人默默咽下。

我默默地记录下十三岁的贝儿经历的这一次“工作的滑铁卢”，我没有和她深入地分析和讨论前因后果，相信她很快就会忘记这件事，即使多年之后想起，也会释然。

打包行李

贝儿要去新学校报到啦，成为一名初一的新生。这一次，贝儿将要离开家开始寄宿生活。

早早起床为贝儿准备要带去学校的行李，每一样要带去学校的小物都是可爱的，熊猫刺绣图案的小面巾，超大粉色蝴蝶结的格子衬衣，手绘的布袋子……

打包行李箱是一个技术活，打包好了之后行李箱应该是整整齐齐的，物品分类有序，到了学校拿取使用也是方便妥帖的。

我把贝儿需要带去学校的物品放在床上铺陈开来，一边整理，一边和贝儿约定：以后每周收拾行李的事情都要自己独立来完成，请和妈妈学习是如何把物品整齐收纳到箱子里，物品如何排列组合以节省空间，还有易碎物品整理打包的方法，以后就靠自己啦！

寄宿生活是集体生活，我和贝儿叮嘱了几件事：

1. 尽量早起、洗漱，自己的物品放在固定的地方就好；

2. 宿舍里的卫生要主动去做，大家都感受到舒适了，自己也会更舒适；

3. 遇到问题要主动去沟通解决，可以自己解决的尽量不麻烦宿管老师去解决。

贝儿在一旁听我絮絮叨叨并没有流露出不耐烦的表情，她的头靠着我的肩膀，但并不想依恋着我的身体。突然捏紧了拳头露出了八颗牙齿："妈妈，我要去寄宿了，我要去一个大房子里睡觉，晚上很多人可以躲到被窝里聊天的那种大房子！"

我扭过头，眼眶泛起泪水，模糊地看见了贝儿拖着行李箱去学校的背影，她向前走着，影像越来越模糊不清。我想起那句话：想要孩子看向世界，父母就要看向她的背影。

中考前去陪读

初三上学期的时候，贝儿提出了一个问题 ：“妈妈，下学期就中考了，你能不能来长沙陪我读书呢？”我一时不知道怎么回复她，心里一下子有一百个为什么？

我说 ：“我先想想啊，有空我问问老伍（贝儿的班主任老师）。”我给伍老师打电话 ：“贝儿想要我来长沙陪她参加中考，您觉得有这个必要吗？”

“如果可以，当然好。”伍老师说。

关于为什么“好”，伍老师的回复是这样的 ：

1. 如果陪读，贝儿能睡得更好（能够有独立休息的空间，睡眠质量更好）；

2. 如果陪读，贝儿能够有更多的时间休息（集体宿舍需要轮流洗漱而占用一些时间，如果是在家里，这些时间可以自由休息）；

3. 如果陪读，能吃得好一些。

老师并没有提到关于中考学习的事情，只说了这三点，但这些正是我关心的，而我现在是自由职业，在哪里工作都一样的。

我立即列出来陪读的计划清单：

- 找房子；
- 打包我的工作和生活物品，打包厨房用品；
- 带上我的电脑和缝纫机。

原来，陪读就是两件大事情：租房子，搬家。

爱的纸条

陪读生活的时间表是这样的：

- 六点起床，做早餐；
- 六点四十五分出门，送贝儿到学校；
- “依依惜别”之后，去楼下的菜场买菜，回家收拾房间。

接下来是工作时间。

贝儿会在下午六点左右回家，我从下午五点开始准备晚餐，一定要控制好时间，热饭热菜在贝儿回家后就能上桌。

只等着贝儿欢快地冲进家门，马上洗手就可以一起吃饭了。

陪读的生活是一种平行时空的生活，一辈子就可能有一次吧。

两个人的世界，从三个人到两个人的生活。

租房子，只是为了读书。

在哺乳期之后，又一次全身心来陪伴贝儿。

双城生活，和孩子一起在另外一个城市里生活，努力适应着周遭的陌生，想念着回家的日子。

相比之前，我们更亲昵。不记得是谁开始的，我们几乎每天都会给对方留一张纸条。我写给贝儿的纸条会悄悄塞进贝儿的书包，文具盒或是笔记本里，贝儿写给我的纸条会放在我书桌的某个角落、键盘下面或贴到电脑显示器上。随手拿起水杯，下面压着小纸条，纸条本来就很小，被折叠成一个迷你的豆腐块，上面写着："妈妈。"

° 初中

在长沙陪读的半年里，我第一次全方位照顾她的生活，也会很密集地给她写纸条，每一次都会折叠成很小的豆腐块藏到她的书包里，贝儿用一个装腐乳的空瓶子来收藏这些纸条。

全家康福

三张请假条

圣诞节前，我与贝儿约好，会和爸爸一起去学校看她，并与她一起过圣诞。

寄宿的学生离校需要班主任的批准，老师签字的“出门条”是出校门的通关密码。贝儿觉得这不可能！妈妈！老伍（班主任）不会同意我溜出去玩的！

我觉得老伍是非常开明的老师，应该会同意的。不过，我有一些贪心，不仅想要把贝儿解放出来过节，还想把她的同桌一丹和三毛也带出来一起玩。和好朋友一起过圣诞，那气氛可就不同了。

所以，我心里渴望的是三张出门条！我在 QQ 里向伍老师发送请假的申请：

我们想下午放学的时候带她出去吃晚餐，如果可以，能否把 ×××（右边的男同学）和 ×××（左边的女同学）也放风一下下！孩子们在一起玩会更开心的！！！就让我们疯狂一下吧，拜托您！……

老伍真的是好呢，爽快地答应啦，三张出门条！三张啊！

当贝儿知道这个消息的时候，电话里咯咯咯地笑，乐得合不拢嘴了！

妈妈好强大啊！是啊！夸我吧，快夸我！

长沙的圣诞节，交通可不是一般地堵塞，餐饮也不是一般地火爆。我和先生一起飞奔到长沙，就分头行动了。先生把我送到距离学校最近的商业中心，我先去踩点找合适的晚餐据点，先生就去接孩子们。

如果顺利的话，中间有一个小时左右的时间，把我们的圣诞晚餐准备妥当。

找到餐厅坐下来，选好合适的位置，先点餐。吃什么是很重要的，但更重要的是吃的氛围，一起过节的氛围。那就是要给孩子们准备圣诞礼物啦！圣诞节，新年礼物肯定不能少！

我从随身带来的包包里拿出我要用的工具和材料，在餐桌上摆开架势，站在一旁的服务员都惊呆了：包装纸，丝带，双面胶，胶带器，剪刀，信纸和信封，它们和餐具碗碟摆放在一起，这就是属于我们的圣诞节了！

布置好餐桌之后，只有三十分钟了，打开带来的信纸，给三个孩子每人一封手写信，装在带来的信封里和礼物包在一起。短时间无法写出洋洋洒洒的美文，但我知道孩子们不会在意的，打好最后一个蝴蝶结，我已经可以感受到他们打开礼物时刻的激动心情了！

果真，时间刚刚好！礼物都准备好之后，先生带着孩子们就叽叽喳喳地进来啦，三个孩子都穿着校服呢！满脸都是欢喜的神情，有礼物，有美食，还能三人一起脱离“大部队”出来玩！只是一丹最后弱弱地说：“为何我的信封里面是空的呢？”

我的心，我的脑子顿时一片空白，怎么会是空的！刚刚写给一丹的信怎么可以不翼而飞啊！

我赶紧捂住自己的心跳，对贝儿和一丹说：“不着急，肯定是有的，我刚刚写好的，不会不见的。我们找找哈！”

于是，大家一起找那封迷你的手写信，是我心急和没有写完的信纸一起收到包包里面了，还好，有惊无险啊！

分别的时候，和孩子们拥抱，和贝儿吻别：“贝儿，妈妈爱你！妈妈是多么爱你啊！”

不想上学了

高中的时候，贝儿出现了厌学的状况，严重到要求休学。

贝儿每周五下午回家，周日下午再返回学校。有一天，是周一的上午，我接到贝儿的电话，她说想要回家，不想读书了。我很惊讶发生了什么呢？在电话里追问原因，但她什么也不肯说。

这种情况持续了一个多月，要求休学的“戏份”在每周一上演。情节基本是一样的：周末在家一切如常，但只要是到了周一，必然会打来电话要求立即回家，不肯在学校读书了。

那时候我很害怕周一，因为她必然会打电话来要求我们去接她回家，我们也肯定会去长沙接她，接回来又做好工作再返回学校。

我和先生很想找到原因，但剧情扑朔迷离，一点头绪都没有。

终于有一天，我在床头发现了贝儿留下的一封信，这是她去学校之前悄悄放在这里的。

三张纸写得密密麻麻，告诉我们她不想再去学校的原因。贝儿是多么无助又无法忍受了才说出了秘密，那一刻我的心就像是被刀割一样，好难过！

第一个原因是因为某位老师，在课堂上开了一个让她非常尴尬的玩笑，这件事很明显是老师的言语不当。

第二个原因是班上有同学欺负贝儿，她觉得自己没有力量与之对抗，她选择逃避。

看完信，我和先生就立即到了学校（手里没有刀子，心里也是有的），首先就是找那位老师，问清楚情况，要求他向贝儿道歉。

然后找贝儿的班主任，把我们知道的信息和老师交流。两位老师都很好，答应我们马上和贝儿沟通，我们没有惊动学校的其他人，第一个问题非常顺利地解决了。

不过，又到了周一，贝儿又来了电话说，我要回家，我不读书了。那一刻我有点要崩溃了，和先生一起马上又赶去了学校。我们和老师一起与贝儿聊了很久，好言好语地劝啊，然后一起吃午饭，心想把这孩子喂饱了不就没事了！

午饭后，贝儿终于答应回去上课，我们如释重负地看着她走回学校，忍不住要哼着小曲回家。

在我们刚上了回程高速的时候，手机铃声又响起来了，贝儿还是那一句话："妈妈，我要回家，我不读书了。"

接到电话，我们再一次返回学校，这一次我和先生没有再多说什么，和老师请好假，把贝儿带回家。回家的路上，我们再没有聊过学校的事情。

回家之后，我们也不再和贝儿谈论要不要回校学习的事情，我和贝儿说，如果你不想回去上学，我们就不管你上学的事情了，我们就在一起幸福地生活！

在那一段时间里，我们不讨论学校里发生了什么，要如何去面对它，只是照常吃饭、睡觉，我们各自做自己的事情。

当贝儿说要回去学校的时候，我们也没有问她为什么，怎么想的，回去要怎么和老师同学们解释休假的事情。同样，我们也不知道她去学校之后的情况，只是这一次回去之后，她就没有再提起休学的事情，一直到高中毕业。

◦ 高中

2017 年，贝儿送给我的生日礼物是厚厚的一本日记，她从 6 月 18 日开始，每天都给我写信，到生日的那天就刚刚好是 101 封信。据说，贝儿在班级里掀起一股给妈妈写信的“热潮”。

9.13

有个好朋友和谈了快两年的男朋友分手了.

分手的时候很平静，但我知道她很难过.

我是这样对她说的:

我觉得生命中的一切都是命中注定的，比如说一段感情的开始和结束，比如说人群中的擦肩，不逢面，都是上辈子算计的，上辈子修来的，所以一段感情的得失不在于谁先开始，谁先结束，而在于是否给过彼此快乐和幸福，若是没有遗憾，好好爱过，那便足够了.

我们身边所有的一切大概都值得我们好好对待，比如说坏心情，比如说那支写了很久都舍不得丢掉的笔，比如说你讨厌，我讨厌。每天的太阳都会重新升起，那就拾好心情，你该是快乐的，因为你有想要做的事，想要爱的人. 若是想哭，你的身边都是依靠. 若是想笑，你的身边都是阳光.

觉得自己简直就是专门写金句的.

我真是…

太适合做一名作家了.

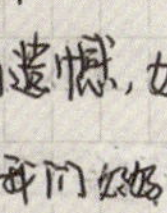

哈哈么么么…

糖贝儿

9.14

明天又可以回家啦.

我应从小就有很恋家的情绪.

小时候去朋友家住，我会好心慌，哭哭啼啼的想要回家.

小学三年级，我老说肚子疼，其实一点都不疼，只是好心慌. 那段时间心里一直都很难受，在学校偷偷摸眼泪，骗你们说肚子疼，要回家. 在家里才安心，有爸爸妈妈的地方永远是最好的.

初中的时候，一上学我就紧张.

不过…高中的自己好像长大了一样，上学，还挺开心的.

尤其是这两年，虽然中加好多的课.

但我好爱这里，好爱我的朋友.

她们对我真是好到不行.

糖贝儿.

9.25

101

生日前夕!!!

今天不能写太多.

情话都要留到0:00.

今天语文课有个班级朗诵的初赛.

说我可以读写给她的那封信.

因为她告别了一段感情.

我不知道在一堂语文课上念出来合不合适.

她们总说我那封信写得很好,像是微博博主的心灵鸡汤.

在我心中,

只因她是我的朋友,

而我刚想让她快些恢复。

仅此而已.

好激动啊.

好咪生日啦!!!

糖贝儿

9.26 9.26 9.26 9.26 9.26 9.26 9.26

101♡

亲爱的妈妈：

生日快乐！

为什么是101"不是100呢？

好多人都这样问我。

小时候我爱看100夜故事，写不了1001，但是101还是可以哒。

也不知道妈妈会不会喜欢。

说好的101个故事成了101个流水账。

有时候忘记了，还要回过头去补。补得七七八八，零零碎碎的。

但是，爱妈妈的心♡是大大的。

我只希望妈妈能喜欢这个本子。

今天早上我还在说："趁着我还可以多给妈妈几个惊喜的时候，就多给她几个惊喜。"

一个惊喜的"101"，一个惊喜的蛋糕，一个惊喜的自己。

妈妈应该不知道我9.26会回家吧。嘿嘿嘿。

还好妈妈只有我一个，哎，

我可不希望有人跟我抢妈妈。

这样妈妈最爱的就是贝儿了，没有之一。

写给亲爱的贝儿

亲爱的贝儿，我工作的时候看到你在客厅里学习，你坐在客厅的大桌子旁，看到你沉浸在阅读中的模样，心里莫名地感动。

你的身体端坐着，专注地在学习。你剪短发之后，我常常会有幻觉，仿佛看到了少年时代的自己，那时我也是短发。

我对你的学习成绩从来没有要求，但我对你的期待又很多。我希望你能够养成阅读的习惯，希望你做事有计划有条理，希望你行动果决，面对困难有更多坚持和毅力。

我和爸爸都说，这个寒假是我们最难忘的一段时光，也许是因为你很快就要离开我们，也许是因为我们日日相伴，也许是因为，因为贝儿真的长大了，是的，突然之间，贝儿长大了。

你的房间变得井井有条，你还帮忙妈妈整理了很多地方，你做事颜值很高。你会按照计划的日程来管理自己的时间，也会在计划的时间换好全家人的被单。你开始了日计划、周计划还有 List。

你整理的笔记让我惊叹你的学习能力，你学得很快，也在坚持着你的目标。

以前你关起房门，我总是会担心你又玩手机了，追剧了。现在我已经不再有这种焦虑，知道你很专心地学习，我会克制推开房门的冲动。

你开始化妆，涂抹娇艳的红唇，你会眼馋我新买的面膜，也会向我请教如何摄影。

你开始喜欢数码产品，喜欢逛文具店，你乐于分享。

你盼着 1 号的零花钱充值到你的支付宝，你有了自己的微博账号，与我分享你的新资讯。

亲爱的贝儿，你长大了，和我一样高，一样的短发，一样的迷恋写作、摄影和买买买。贝儿，我们可以做成年人的那种朋友了，真好。

即将进入大学的你，对未来有着很多的期待，也会有焦虑和不安。那天我陪着你睡，黑暗中看到你眼角透过的迷惘，你把头埋进我的臂弯，你说 :“妈妈，我好怕我雅思考不好的，那可怎么办？”

我反问你 :“评估一下自己，之前的面试官有没有误判你。妈妈不能代替你去考试，也不能预知你的成绩，我能给你的建议，就是全力以赴地去学习，要身心都投入你最重要的事情，不摇摆也不能分心。”

寒假我们也聊了关于钱的话题。小时候的你，一块钱都会拽着很长的时间，今天的你对钱有着无比的热情，喜欢钱，到手的钱会很快地花掉。

妈妈在这件事上走了弯路，也犯过错。所以，我很想在刚刚喜欢钱的时候，先有一份对钱的敬畏心。

你现在花掉的都是父母的钱，更应该对钱培养一份珍惜和珍重，并把有限的钱投入在你最重要的最喜欢的事情上。

妈妈是一个超级爱购物的人，我烦恼的时候会买东西，疲惫的时候也会买东西，买东西真是让我感到快乐。很长的时间，我都是这样地恋物。所以，我看到你收到快递，打开快递时候的欢喜，我很理解你的开心。

在我的第一个 101 计划中，最容易划掉的都是买买买的计划，因为购物而获得的喜悦会很快消退。或许因为我一直觉得缺钱，所以从来不去思考这件事，也就懵懂了很长的时间。现在，我也会买买买，但是我会思考，会想如何买到最好的也是最合适的，我也会思考："不买也是可以的吗？"珍爱生命，远离淘宝（购物），这是我给你的忠告。

那天，你与我分享一个很厉害的哥哥（一个哈佛的学生），可以三头六臂地做很多的事情。看得出你的羡慕，你也想要超能力。

我想说，超能力的人是有的，但是不会太多。有的人受过很好的教育，家里条件好，可以走一些捷径，但是，99% 的情况都是慢慢成长的。我总和你说，吃饭要一口一口吃，不能快，噎着就会吐出来。比如，你做计划，三天就是三天，三个月就是三个月，三年才是三年，还有十年二十年三十年。想想时间的长度，你有没有眼光能看长远一些？你有没有耐力和毅力坚持下来，坚持下来你就是超能力，放弃了你就是普通人。

所以，对待人、事、钱，都要先思考，再去行动。你想得多，做得多，慢慢就可以加速度。好像是不再需要动脑筋，决策是瞬间的，其实还是积累。就像你问我一个问题，很少能够问倒我，不是我多么厉害，是因为相比你，你没有做的，我做了无数次，你没经历过的，我都体验过，就这么简单。

贝儿，谢谢你给我推荐的宝藏博主，记得我激动地和你说吗？那些艺术家真的太棒了，我每次看都是热血沸腾，那么美那么有意思那么创意超凡……每次我都在想，一个人看什么东西真是太重要了。眼界是区别你与他人之间的试金石。你可以因为眼界离开一群人，也会因为眼界加入一群人，因为你的眼界，你才会有机会重新了解自己，也会认识更多比你更优秀的人，并且知道他们在哪里，看到他们闪光的样子。

千万不要还没有了解就开始抱怨，做了一点东西就觉得自己多么了不起……贝儿，成长的时候肯定会仰望强者，渴望卓越，但强者的模样是坚毅的，是谦逊的，是专业的。是的，真正的强者会有这些品质，因为他 / 她在高处。

贝儿，爸爸和妈妈想给你最好的教育（我们力所能及的）。虽然你的人生是你的，但是，我们能够做的，也是陪伴你这一程。时间是有限的，当你面对外面的世界，压力和问题会接踵而至，我也不知道明天会发生什么。

是的，就像昨天你打电话来和我絮絮叨叨抱怨，我一句都不想听下去。不是我对你没有了耐心，是我觉得你有必要给自己一个新的状态，就像是手机不断更新系统一样，面对未来，你必须更新自己的思维和能力，你别无选择。

最后再说雅思，你一定会顺利过关的，妈妈相信你，你要相信自己，带着对目标的确信去做，带着对未来的热情去做，带着对自己的责任去做，你的明天，就是你的当下。

成人礼

今天是贝儿学校举办的毕业活动的日子，学校安排的活动内容非常丰富：校长讲话、家长和学生代表讲话，现场分别奏中华人民共和国国歌和加拿大国歌，还有校长的祝福以及各个班级的精彩节目。除开拍照的那几秒钟之外，我总是忍不住泪水，哗啦啦不知不觉地一直在哭。

前面都是其他班级的节目，每个节目我都是一边看一边哭。眼前每一个孩子都会触动我的泪腺。孩子是父母的珍爱，眼前的每一个孩子都如此的闪亮！无法想象贝儿真的十八岁了，成人了。昨晚我还和我的学生们说，我是要做一个永远的小孩子的，但今天的贝儿就来到了成年人的世界了，我还没有准备好。

没请到合适的化妆师，看着他们被涂画成米老鼠一般的眼睛，觉得好好笑。但这并不影响孩子们的心情，一个个都变成了乖乖女和乖乖仔。三年了，毕业啦！这是他们最开心的时候！

跟随着主持人的宣读，孩子们举起右手宣誓，成为一个负责任的遵纪守法的公民。学校送给每一位孩子的成人礼物是一本《中华人民共和国宪法》和一枚十八岁的勋章，满满的仪式感。

我还是忍不住眼泪在哗啦啦继续哭。这是我第一次强烈地意识到，贝儿真的长大成人了，她将要离开我们，离开家，离开中国。现在，家就是她的世界，未来，世界就是她的家。

在我的心里若隐若现的，还是那个背着小书包上幼儿园的贝儿，那个把校园的果皮垃圾带回家的贝儿，那个早起晚归冲刺中考的贝儿，那个在周五就会提着行李箱回家的贝儿……心里拉起巨型幕布徐徐上演小时候的故事，但在眼前，是舞台的激光电波，曼妙的舞步，烟雾和霓虹灯编织着梦幻的场景。孩子们欢快地唱唱跳跳，时而高歌，时而搞怪，时而变换角色。之前的反复排练，只是为了这最后演出。卖力地蹦跳、歌唱，放肆地沉醉其中，只是为了大声地宣告："我们毕业了！我们成年了！"

夕又和妈妈也一起来见证贝儿的成年礼，她们坐在我身边我不好意思大声哭，可到最后还是鼻涕一把眼泪一把也顾不上形象了，贝儿的十八岁就放肆地大哭一场吧！时间是不可思议的魔法师，身边的夕又已经亭亭玉立站在一旁，记得她和贝儿在幼儿园的毕业活动中，夕又是全班唯一大哭的孩子，狂哭不止。那么伤心难过的时刻今天重来，只是角色变换，她化作当年的我在一旁静静地安慰。她理解我的心情也任由我发泄，妈妈心里装着的是长不大的小孩，现在那个小小孩突然不见了，妈妈失魂落魄。

亲爱的贝儿，欢迎你来到成年人的世界。这里又奇妙又美丽，又虚伪又丑陋……曾经对你无底线的保护，竭尽所有为你打造的童话世界，甚至决然让你离开家也不愿你参加高考……妈妈用魔法点亮的玻璃屋逐渐化为泡影，未来的一砖一瓦都要你自己来搭建，是大是小，有窗没窗，开东门还是走西门都是你自己的事情，那么想要自己的一间房子的贝儿，你可以开始了。高跟鞋还有打耳洞，卷发还有迷你裙，还有想走就走的旅行……要精神还是要物质，要浮华还是要内在，要真善美还是要高大上……好吧，现在你自己去想，自己去追。

曾经的孕育，贝儿的生命点亮了我的世界。想要努力做一个好妈妈的神奇能量让我披荆斩棘，在“母亲”的角色里不断成长。此刻，贝儿成年的瞬间，我与过去的十八年挥手再见。在贝儿崭新的成人旅程里，我也重新开始生活的展望。新生的力量是给予，给予孩子，给予未来也给予自己。在贝儿成年的时候，我已经走完人生一半的路，曾经我牵着你的小小手，贝儿，以后我们一起比肩。

此时此刻，感恩所有。祝福贝儿，祝贺成年。

2018 — 2021

湘潭

4

我想教你学会生活

渥太华

100天

亲爱的贝儿，好久不见，你去渥太华已经一百天了。

还记得你说你收到了学校的offer，我一直都不确定，你真的是要离开我们去留学了。所以，办签证的事情、选课的事情、缴费的事情、准备行李的事情，都是自己来完成的。而我，只是一次次地与你确认，你是真的被学校录取了吗？

嘿嘿，贝儿，你已经习惯了我的神经质。你推开家门去看世界了，这样真好。

是吧，这么巧，老天就是这样安排的，贝儿过完十八岁的生日就拖着行李箱走了。爸爸今天和我说，觉得不可思议，我们在一起十八年之后，就这么分开了，爸爸和我每天都很想你。

每天在微信里和你“聊天”变成了一件平常事，你读你的书，我做我的事情，我听到你敲打电脑键盘的声音，这时候，我敲打键盘的声音也传过去了吧？

你说你常常迷路，但每一次都顺利地折返回来。

你说你成绩不错，拿了好多个班级第一名。

你说你经常带便当去学校，生活节省，也很自律。

还有主动穿秋裤了，去超市会比对价格了，开始早睡早起了，爱上阅读了……这一百天，太多都是关于你的好消息，我隔着千山万水，感受着你成长的脉动，听到竹子拔节生长的声音。

也有半夜醒来给爸爸打电话爆哭的时候，这时候居然是找爸爸，你一定是习惯性地觉得妈妈在忙吧……

其实，我哭的时候很多。以我这哭脸婆的心性，想起你就冒眼泪，可能是一个转身，或是走路时的一个停顿，我就想哭了，然后就哭起来，眼泪鼻涕俱下，哗啦啦，哗啦啦。

这种毫无征兆的无厘头的哭，持续了一段时间，所以，每每有人问我，想不想糖贝贝啊？我说想啊！

那可怎么办呢？

我说："哭啊！"

就这样……

这也是我一百天都没有写过关于你的日记的原因吧，每次要写的时候，对着屏幕就哭起来，思维停顿、混乱、头昏脑涨，我只好放下。

哭的时候被你爸爸发现，他和我说："哭吧，挺好的，你能哭就当作发泄了。”

是啊，我心想是啊！反正泪水是自动流出的，也不需要储备，也没啥浪费，哭出来也不丑，我想贝儿，我想贝儿不需要理由，我就是要哭的。

其实，爸爸也有哭。他告诉我说，送走你之后，一个人在花园的小木屋号啕大哭了一场，因为太难过了。男人就是这样，哭也觉得要忍着，忍不住的时候还躲起来哭。十八年，爸爸的小贝儿突然远走高飞了，爸爸和贝儿的日常突然变成了一大块一大块的留白，想想也是超难过的，我又想哭了。

当然了，你留学之后开心的事也挺多。

比如跟着你的视频电话一起登上了小火车，比如第一个到教室在温习功课了（看到了各种各样的教室），比如你说感恩遇到在一起生活的室友……贝儿，你是要长大的，而你真的长大了，想着这样的你，妈妈笑啦，嘿嘿嘿。

小时候，你去医院的时候都是爸爸陪着你，我有时间陪你的时候，在一旁看着你打针，我的心就是被针扎着，那时候我就是默默地说，活着就好了。

贝儿，活着也是妈妈对你在异国最大的期许。

活着有很多种状态，有力量的，有爱的，有质量的，有什么什么……那些我就管不着了，你想要怎么活，你得自己去选择并去实现，你已经成年了，贝儿。

就像你选什么课，安排自己的周末时间，要不要去健身房，要不要买一杯咖啡，微博是不是卸载下来，贝儿都自己决定。决定了就去做，做错了也没有关系，错了就去改正。除开生死，错误都有机会去修正，贝儿，不怕的。

我也有一些担心，我和你说过，再说一遍。贝儿，就是我们应该如何对待他人的看法和情绪。

最近收到了一些负能量，有的看似平静如常的生活却是波涛汹涌，有的人到中年却失去了做人的底线。那天睡前，我收到朋友的一条信息，她说："面对亲人和朋友的种种，突然从高低床上仰面摔下，躺在地上做了一个宁静而悠长的梦。"我想我应该立即去看她，但我能帮助她做一些什么呢？

我不能。我能做的，就是过好自己的生活吧。我又开始听《观呼吸》，我发现让自己内心平静是一种能力，而这个能力是需要通过学习和练习才能习得。

贝儿，我对你的期待和对我自己的要求是差不多的。

我想，一个人，首先就是要照顾好自己，做好自己应该做的事情，尽量不要给别人添麻烦。

然后呢，尽量不要给社会添麻烦。

然后呢，才是对他人对社会有所贡献。

先不说能不能对社会有所贡献，我们先管好自己、做好自己和过好自己的生活也并不容易。对于一件事、一本书、一段感情，是需要机缘的。日子还很长，你还有时间去犯错，去迟疑，去混乱，去疯狂，遇到什么就去感受什么，面对什么就去解决什么，这样的人生是你自己的。

“观呼吸”的后面是归于平静，如果不曾经历过波涛汹涌的日子，你是无法感受风平浪静的。

100 天了，我挺好的，很想你，贝儿也过得不错。这些都是最好的消息了。

爱你，糖贝贝。

十九岁生日快乐

亲爱的贝儿，最近妈妈每天都想要给你写信呢，心里有很多话一直在突突突地往外冒着，早起冲了一杯咖啡，坐下来给你写这封信。

是的，我开始喝咖啡了。你的视频里有很多关于咖啡的镜头，我发现了那个红色的胶囊咖啡机，我买了一个白色的。

如果是以前，我肯定会买一个功能强大的咖啡机，但这次的想法却不同，我要买一个尺寸最小的，功能最简单的。这台机器比我期待的还要小一些，放在厨房里刚刚好，白色的机身融入了厨房的烟火气，瞬间我就爱上了它。

再和你说说，我在无印良品新买了几条内裤，价格是比之前买的都贵了一些，但质感却是非常轻盈，重量不过普通内裤的二分之一吧，轻轻柔柔地贴合着我的身体，推荐你下次新购内裤的时候，也考虑轻薄的质感，身体减少了负担，会不知不觉地舒畅许多呢！

上周，光的研习五周年在上海站的聚会顺利结束了，从线上到线下，见到了我的学生们，现场是满满的幸福与感动。摄影是多彩的，是光，让我遇到了一颗又一颗炽热的心灵。我们收获的不仅是摄影，还有我们彼此生命之间的深深链接。

有一位学员轻轻地问我：“泓默，你怎么可以做到对每一个人的细致入微呢？”她疑惑的眼神，好像是在问我：“泓默，你不感到心累吗？”

贝儿，相比一条内裤带给身体的轻盈，内心的轻盈更为重要。怀着珍惜与珍重对待当下的人和事，投入认真和专注，这并不会成为我的负累。写下心中的文字，积累生活的照片，表达此刻的想法，去做应该做的事情。伤心就哭，开心就笑，这样的心，是简单的，也是轻盈的。我的心，可以停靠，可以拥抱，可以离开，可以沉寂，可以丰盛，可以空无。

贝儿，记得你从初中担任寝室长之后，就是一个小太阳了。你的朋友都喜欢与你倾诉心事，有困难的时候也会向你求助。我担心你收到的负能量会不会影响你，但我从未阻止你帮助别人，“爱”这个字，当你去做的时候，它是不断会汲取到能量的，收到的比付出的会更多，爱是给予，爱不会枯竭，爱不需要患得患失。

贝儿，相比被爱，“爱”更需要勇气，学习也是，生活也是，梦想也是。如果我们对于内心的想法不去行动，任何有趣的、有意义的计划都不可能行得通。回想你这一年取得的成绩，拿下一门又一门功课，突破语言的屏障，都是你内心的设想付诸行动之后获得的。交朋友、找工作、迎接挑战，都需要做一个积极主动的人，“爱”加上行动会让你燃起勇气，你会离你的梦想越来越近。

我看到爸爸给你写的信，关于爱国，关于信仰，我泪流满面。虽然每年都会给你写信，但关于“国家”的话题，爸爸还是第一次正式地用书信的方式和你说，对于未远行过的我们来说，在异国他乡的你更能够体会国家对人民的意义。

你和我一样，无论在哪里，只要听到国歌就会流泪。我在你这么大的时候，是眼泪在眼眶里打转转，现在会一直听一直流泪不止。没有“国”就没有“家”，没有和平，就不会有今天平静的生活。

我一直觉得，你成年之后最重要的一件事，就是独立和自食其力。这个“断奶”的过程，你会遇到很多的问题，你也会发现，大部分的问题都会有很多的解决方案，再周密的计划也不可能是完美的方案。实际上，我们经历的每件事都有无限的创新力可以去尝试，就是在不行到行、不能到能、不完美到追求完美的过程中，内心的跌宕起伏，项目的设计与改良，选择和放弃，不停歇的问题……经历过，必有成长；成长过，必有收获。

贝儿，这是你第一次离家自己庆祝生日，十九岁生日快乐。

也谈钱

亲爱的贝儿，你在家里的最后一周，妈妈给你写这一封信，关于钱的事情，妈妈想要与你聊聊。

留学快一年了，你终于给了我一串数字，一年的账单算下来，知道自己花了多少钱。我们没有多说什么，但我能够感受到你的压力，你的脸粉粉地透过一层红润：“我真的花了太多的钱。”

还记得你出门之前，“海底的鱼”阿姨叮嘱我，不要在钱的事情上给你太多的压力，她的儿子在美国留学，她说孩子在国外所遇到的问题是我们难以估量的，都要靠自己。

我记得她的建议，但我没有这些经验，不知道要怎么做才会对你更好，我更没有底气说，你想要多少就给你多少……我唯一的承诺是：保证你大学四年的学习费用，后面就靠你自己了。

你没有给我账单的明细，我也不细看了。已经用过的钱，就用掉了，妈妈希望你从这些数字里能够感受到钱的价值，该花的必须要花，该省的还是要学习如何节省。

每个人都会和“钱”相爱相杀一段时间的，然后和解。这些年，我和爸爸都在“钱”这件事上交了不少的学费，何况你才刚刚开始闯世界，你一定有过用了之后感到后悔的钱吧！妈妈也经历过，没关系，下一次我们可以努力做得更好一些。

昨天，我们开车经过一片老房子，你爸爸感叹地说：“某同学的父母好厉害，给他们家三个儿子都买了房子。”他说起的是我们初中的同学，在我们那个年代，爸妈能给儿子一套商品房真是太让人羡慕了，而我和爸爸结婚的时候是租的一套小房子，门窗是自己油漆的，墙壁是好朋友们来帮忙一起粉刷的。

我们初中毕业二十多年后的一次聚会，那个叔叔对我们说：“你俩是最幸福的，新家是我们一起动手来装扮的，你们也通过自己的努力有了自己理想的房子。”

是啊，生活就是这样翻转的，原来的贫困和辛苦，却是今天的甜蜜，那时候也真是没想过呢！

松浦弥太郎说：“不要轻易抛开那些重要的烦恼，就想成是自己成长的养分吧！”还记得你去年要离家之前，我常常在睡前与你说同样的话：“贝儿，如果你想家了，如果遇到了很难的事，你一定要记得问自己，你为什么要出国留学。留学的定义对于每个人都不一样，去学习的目的是要成为你自己，你拥有了完整的自我就能去完成属于你的人生使命。”

组成我们生命的最重要的部分，永远都是我们的日常，每一分钟在做什么，每一分钱用在什么地方。你把方向走对了，把时间放在正确的轨道上，钱会汇聚能量和属性为你而来，钱会和你做朋友，它会帮助你，关照你。

明天，我们要一起出发去杭州探店，这是我们第一次以工作的身份一起出差。我们会去拜访几位优秀的工作室主理人，学习他们的商业模式和管理思维，学习与经营有关的财务课程，这些是你那大房子梦想的必修课。

未来还有太多的不确定，但路是走出来的，出发是我们去拥抱梦想、拥抱不确定性、拥抱乐与苦的过程。亲爱的贝儿，谢谢你与我同行，请多多关照。

520，贝儿的来信

从没想到，520 也会成为一个节日，这一天与平常并未有不同，“爱”的注脚已经标记在家的每一处。

前段时间，先生与我先后住院过，祸福相倚，我对身体的状态有了更多的感知，无论健康还是生活，都没有可以一步到位的解决方法。而贝儿，我们家唯一的小孩，成了家里跑东跑西那个人，买菜、做饭、溜狗、打扫……她真的长大了，但在我心里又依旧是个孩子。

每一次都会和贝儿很认真地说“谢谢”，她总是扬起笑脸说：“这有什么辛苦的！”

520 这一天，我和先生都收到了贝儿的手写信，先生没看见贝儿放在手机旁的字条，一直到睡前，贝儿急匆匆地“闯”到床前，把信甩到他的手上：“爸爸，你太过分了啊！为啥不看我写给你的信呢！”

好尴尬啊，先生在床头马上打开信，读起来。

亲爱的爸爸：

昨晚和今天，我感受到你身上波动起伏的情绪，情绪与身体息息相关，爸爸妈妈都该努力保护好照顾好自己，不让对方担心。

我给妈妈写了封信，让她好好休息，爸爸你也要放心，我会好好照顾我们的家。我希望爸爸能好好休息，希望你能天天开心。这段时间你总说我辛苦了，真的一点也不。这些都是我愿意做，我想做的事。我很挂念你俩。快乐的能力只能自己赋予，旁人很难帮忙。

最近我发现，正念对我的帮助很大。无论是在爷爷的事情上，你生病，妈妈生病的事情上。当事情发生之后，因为没有时间倒退的能力，我们应该去接受去拥抱。我们不该躲避，也不该自怨自艾，去迎接它反而更好。你可不是一个人，你有我，有妈妈，我们永远在一起。

昨天你一回家就冲我发火，我在小区散步时偷偷哭过，平静下来之后，拆解了你我的心理过程。我顿时就能理解爸爸，最近经历了这么多事情你一定非常烦躁，身心疲惫了，脾气火暴的爸爸忍了这么久，也很不容易啦！

我爱你哦！爸爸！我们要共同成长啊！生活如此明亮美好，怎可忽视浪费呢？超级爱你，世界第一的好爸爸！

糖贝贝

我侧身在一旁听着贝儿的来信，我想先生此刻一定也是眼眶湿润了吧。在这之前，我已经收到了贝儿写给我的信：

亲爱的妈妈：

我好爱你哦！我想和你说啊，别再想怎么工作了，想想如何休息吧。妈妈已经努力了好多年，轮到我努力了。

要知道，有一些东西急不得，我们应该放平心态。疫情是老天爷给的机会，今年依旧送来考验，一步步来，相信自己，我们可以渡过难关。我昨天在书中读到一句话：成熟伴随着丧失。我不认同。

在漫长的人生路上，丧失是必需的，但收获也更多。我喜欢这种长大的感觉。妈妈不要害怕，我与你在一起。

问题、困难已经发生，面对它，拥抱它。

好好休息，一切有我。爱你！

糖贝贝

把贝儿的信整理出来，这一天也多了一些仪式感。亲爱的贝儿，谢谢贝儿对爸爸妈妈的关心和照顾，谢谢你用这温柔的方式给予我们好好生活的能量，谢谢你的每一次表白……

亲爱的贝儿，我看到你张开羽翼要为我遮风挡雨了！或许，经历了许多事情之后，我们会知道，爱家人最好的方式之一，就是要照顾好自己。

爱贝儿，520快乐！

◦ 大学

加拿大留学的贝儿在 2000 年新冠疫情暴发之前回国，她依然喜欢给我们写纸条，只是纸条的内容变成了关心、支持和鼓励，贝儿真的长大了。

妈咪呀：
又是辛苦的一天！

假如生活欺骗了你

亲爱的贝儿，听说你被骗了，我走到你的房间门口，爸爸也站在门口，我们都停住了脚步，没有走进去。你在打国际电话，我们都听不懂你在说什么，只是看到你在镇定地处理着突发事件。

语言不通，也不了解情况，帮不上忙。心想这样也好，让你自己独立面对处理，“支票诈骗”是一件高损失的事件，也是一件高经验回报的事件。

我们在门口相视一笑，你爸爸压低声音打趣说：“在练习口语。”

等你打完电话，我抱着你，问你情况怎么样？

你说：“我怎么会被骗，太丢脸了。”

你接着说：“我太想打工赚钱了！”

哦！生活欺骗了你！不是假如生活欺骗了你，是真的被骗了！五位数！我的天！我的手心抓了一块纸团，我用力地揉捏它，也有点丧气！这气要从哪里出，我不知道。但我实在帮不上忙，我就继续去忙我的工作了。贝儿，你孤军奋战吧，我觉得你可以，哈哈！

贝儿，想打工赚钱并不是一件丢脸的事，我曾经和你说过，商业就是最好的修行，人生的修行需要一些麻烦和创伤去慢慢体会吧。

骗子利用了你的善良和诚实来欺骗你，但这并不会让你也成为骗子。相反，我建议你把这件事告诉你的同学和朋友，让你的教训换得更多人的安全，这是你可以做的，也是对骗子最有力的回击！

这半年多发生了很多事，好多次聊天，我们都是在医院里对谈的。还记得那天下午两点，我们坐在中医院五楼的公共座椅上聊天，我们聊了很多关于你创业的事。

你就要大学毕业了，去哪里，做什么，如何自食其力，这个问题离你越来越近。

你和我聊着你要开一家售卖情怀的小店，你也和我分享你喜欢的独立书店，你打开手机里的美图告诉我你想要这样的感觉……你有好多好多的问题啊，我看到你的眼睛里闪闪的光亮。

在对你的事情上，我就不淡定了。心里总是会担心，担心梦想会击碎你，担心你会遇到难题。你想要做的每一件事都是很难的，看着走向二十一岁的你，在梦想的钢丝绳上开始探步的姿态，我心里很紧张。但是，我支持你去追逐梦想，不知道会不会成功，但要出发，要勇敢地向前走。

疫情后在家里上网课的贝儿，我们在一起的每一天都是老天多给我们的一天。我从未想到过，我们居然可以，每一天，都在一起，生活。

从你十八岁拖着行李箱离开家去加拿大留学的那一天开始，我们的每一天都是在努力去习惯你不在家的日子，因为太想念你啊，你的视频电话就是幸福来敲门的声音。谁能想到，现在不是在电话里啊，是在身边，你会每天睡在我的枕边，一大只，打鼾鼾。像是梦境，但这是真的。

2021 年，你居然开始做手工了！被威逼利诱了很多年，你突然跳坑，这是不是命运？

我对你做手工的能力其实只有一个要求，就是能自己缝扣子。教过你好几次，好像那些声音和动作被你自动屏蔽一样，在我吧唧吧唧讲解之后，你总是突然就消失不见了，你说："学不会！不学了！"

我心里好气，但我想，你总会到我碗里来的。

贝儿，这一定是命吧！你是认命了吗？哈哈哈！

命运的魔掌抓住了不愿意钉扣子的贝儿，贝儿举手投降了吗？

我在工作间处理着各个信息，隐隐约约听到外面切纸的声音。一小时，两小时，你完全停不下来吗？你还是你吗？贝儿，你好搞笑啊，你居然在用我的手工工具，你居然缴械投降了，哈哈哈！

长大的贝儿，有点意思。

今天，我们一家人劳动了一整天，从早上八点一直做到了晚上七点，十一个小时，我们都没有休息。第一次来家里做保洁的阿姨夸你，说贝儿的表现最棒！面对着一波又一波的人，接待，帮忙，做事。我接着阿姨的话说：“贝儿能独当一面了。”

去物业公司交水电费，我没有陪你去。

去燃气公司办理燃气过户和保险，我没有陪你去。

去银行去房产局，我都没有陪你。但我有悄悄地问张格阿姨：“贝儿还好吧！”

她说：“挺好的，放心！”

嗯，是应该放心呢，所以，我还把我的银行账户和密码都告诉你，还一本正经地提醒你，不要告诉别人哦！

这一个月的经历是你之前从未经历过的，但你遇见的每一个人，每一件事，都在或多或少影响着你。没有人应该或必须帮助你，但你是多幸运呢！心里想的，都一一地实现了，甚至比你想的还要多。

我心里充满了感激，一定要把帮助过你的人记在心里，懂得感恩更要懂得回报。好好生活，就像你写作主题“明亮的日子”，你被人爱，你也能爱更多人。

贝儿，我知道你想要为爸爸妈妈遮风挡雨了，每次你黑着脸管着爸爸喝酒的时候，我觉得你是很有领导力的，那一抓一个准啊！

说心里话，我心里是感动的，但也是“怀疑”的，对我来说，各自安好是首要的。你如果想要伸出羽翼照顾我们，那你就一定要有能力照顾好自己。你的身体、生活、工作不让我们操心，这是妈妈对你的要求，要谨记。

贝儿，人生的顺境是暂时的。

贝儿，人生的反转是出其不意的。

幸福的时候，不要沉醉在幸福里。

痛苦的时候，也不要陷入到泥沼里。

贝儿，假如生活欺骗了你，你也不要欺骗生活。

祝贝儿二十一岁生日快乐！

休学往事

每个人的人生轨迹都是不一样的。在当下，其实没有人会告诉我们什么是正确答案。

贝儿第二次提出休学已经进入大二了。那时候她和同学一起搬去离学校更近的地方，每天和我们通一两次视频电话。虽然我不太知道她的学习情况，但从她与我们交流的情况来看，她已经适应了国外的生活。

那时候，我向她极力推荐花儿老师的写作课，我知道她很喜欢写作，所以不停地向她安利花儿老师的课程，起初她并不动心，但我还是给她预留了一个名额（课程是限额报名的，一个也不会多）。后来是好朋友夕又参加了，贝儿也立马决定加入写作营。

大概是第一次还是第二次直播课程结束，贝儿就兴奋地和我视频电话，她不停地说，太棒了，太喜欢花儿老师了，妈妈，我找到了我的目标，我要休学……

随后的十来天，贝儿不停地在电话里和我们聊起她的“梦想”，而我反复和她回应的也只是：再想想，再想想，慎重一点。

2019 年 11 月 2 日，她给我们写了一封信：

亲爱的爸爸妈妈：

我写这封信的原因不是为了说服你们，也不是为了证明我自己，更不是因为觉得你们不支持我而受到了伤害，我只是想和你们谈谈，聊一聊。而当然，这封信的主题，就是关于我做出休学一年的这个决定。

我们的人生，不是一条直线，而是无数个瞬间的点。小 T 永远活在对过去的悔恨中，他想要回到高中，再考一次高考，重新选择大学，以至于他每天都很不开心，总是梦见回国高考，总是从梦中惊醒或者哭醒。小 S 呢，永远活在过去和未来，她会想着：我的过去多么多么地美好和快乐，我的未来多么地成功和幸福，我的现在多么地没有意思和痛苦，所以她也总是不开心。

而我，一直以来，都是开心的。我活在每一个当下的瞬间，我活在早晨睁开眼睛拉开窗帘的那个瞬间，我享受着窗帘滑过的声音，我活在渥太华的冷天里，这个早晨，与你们写信的当下。活在当下，是你们一直以来告诉我的，也是我每一个喜欢的作者，在书中鼓励的，写到的，所以我很快乐。

我当然会幻想，幻想我的未来是多么地明亮。

出国留学，我开始了新的生活。一开始我对一切都充满好奇，抱有希望和想象，很快我就觉得无趣了，于是我开始思考，思考人生的意义是什么？我要找到人生的信念，那就是我立即要去做的事。

我的想法是，赶紧读书，赶紧毕业，赶紧找工作，等到三十五岁，或者四十岁的时候，我就去干自己喜欢干的事情（如果一切顺利的话）。我急于回报爸爸妈妈，还有长辈们对我的关心，对我的期待，对我的付出，以及经济上的支持，我想要用我的行动与努力告诉你们：我很快就能找到工作，我很快就能为这个家里减轻负担。而你们，很快就能过上无忧无虑的日子。

所以，在别人都在国内开心地陪伴家人，或者旅游，或者逛街的时候，我在学校里学习。在别人放秋假和冬假，还有圣诞假没有作业没有负担地出门游玩或者回国看老人的时候，我待在房间里，继续看书，写文字，更新视频。

在早晨，室友躺在床上刷手机，或者晚上他们躺在床上看剧的时候，我在为以后的论文、考试、测验做着准备。在他们努力学习复习备考的时候，我也依旧在学习，甚至要抽出好几个小时更新每周都坚持不断更的公众号。

我偶尔会觉得身心俱疲，我好累啊，我为什么要这么累呢？可是啊，每次和你们视频后，每次发出一篇篇公众号后，发出某个视频，甚至在朋友圈里发出某条九宫格的照片后，我都觉得，我好快乐啊。

好多的阿姨和亲戚长辈们都觉得：糖贝贝是一个自信的、听话的、努力的、积极向上的乖孩子。其实我有一次跟妈妈开玩笑地说过，我并不是那么地自信，甚至我是一个内心很自卑的人。

我的成绩一直也不太好，哪怕我很努力了，哪怕我制订了很好的计划，并且一一完成，哪怕我每一堂课都会预习、做笔记、再复习，考试前再次复习，我的成绩都不尽如人意。虽然说成绩不那么重要，爸爸和妈妈也从来没在成绩上对我要求过什么，我还是会无数次地陷入自我否定里，因为这个结果就是无法应对我的努力和预期。

我在学习这件事上，很没有成就感。但是文字却可以给我带来前所未有的自信。我不需要别人的肯定，哪怕有的时候妈妈会说哪些哪些地方写得不好，我依旧觉得我写出来的东西，独一无二。摄影这件事也是，我用手机拍出来的照片我也觉得很棒，而且我觉得我比我的朋友们拍得好一些些。

可我的自信也不是盲目的，我知道自己有很多的不足。所以在爱上看日本小说之后，除了喜欢里面的剧情，我会特别留意他们的风格，虽然说谈不上研究手法，但我会依葫芦画瓢地去写我自己的东西。虽然我觉得自己写的东西很棒，但我会特别留意比我优秀的人的看法，比如说爸爸妈妈的意见，花儿老师课堂上的内容，我会一一记下来，并在以后改正。

再说摄影这件事上，我虽然拍其他的不错，但我拍人好像一直都不行，拿起相机后也不那么地有把握，所以呢，我一直都说要去学习摄影，把课程都补上。还有我的视频，也有很多缺陷，虽然我自我感觉良好，但我也很清楚地知道，这些视频拿出来，也就一般。所以呢，我一遍又一遍地看我觉得拍得好的视频，研究他们的视频，包括设计、故事线、转场……

我想学的东西，总是因为学习而滞后。其实这没什么，毕竟学生的天职就是学习，就像工作的人，要先把手头的工作完成，再去忙自己的事情。我也和你们无数次地说起过："传媒真的没有用，我都不知道自己到底在学些什么奇怪的内容，而且我可能一辈子也用不上。"当时学传媒，我是想要更好地经营自媒体，通过在大学里的学习，更好地了解这个行业，或者在这个行业里有所成就。谁知道，我学的东西就像我高中时面对的微积分：我买菜不要微积分，我的未来里也用不上传媒。

我想过换专业。因为这实在是太没用了，可我又觉得：我都在到这儿了，再忍忍吧，再说了，换专业还要花费更多的时间学习，为了早点毕业，我还是别了吧。为了顺畅一点的未来，所以我没有选择换专业。

可是我明明知道没有用，为什么还要在这件事上浪费时间呢？这是我一开始，和你们提出"退学"的原因。

花儿老师的课，我很喜欢，可她不是我动了"不继续学业”念头的主要原因，她可能只是一根点着这个念头的火柴。“这才是我想学的东西。”“这才是我要的东西。”这是我听完第一堂课后的想法。

我愿意把所有的时间让给这堂课，花儿老师上课的时间和我心理学网课的时间撞在一起了，我选择先听花儿老师的课。我生怕错过每一项我想要的内容。

然后因为花儿老师的课，我又开始上拖了许久许久的大师课……我感觉特别好。心里放下学业后，无论做什么事情，好像都沉得下心来一些。不再像以前那样，急急忙忙地更新公众号，而是会先自己检查好几次，问问妈妈的意见再发出去。我前几天又开始拍视频了，剪辑的时候还会在本子上写下“复盘”，提醒自己下次拍的时候要注意哪一些。

爸爸今天跟我说：“你不够激动，如果你真的很喜欢这样东西，你会语无伦次，会说我喜欢我喜欢，而不会这么逻辑清晰地和你妈妈解释你的决定。”所以啊，爸爸妈妈就算是我最最最最亲近的人，并且没有之一，你们也不是我，不知道我心里到底是怎么想的，不知道我每天到底都做了什么，心情如何。

其实我很激动，所以我跟你们写信，跟你们讲的时候，我激动得手都在颤抖，双脚都站不住地。可我也要很理智，因为妈妈希望我理智，不要那么冲动地做决定，所以我也要保持理智，条理清晰地告诉你们我的想法是什么。

我知道，我心里特别清楚，你们并不相信我会把这件事情做好。你们更会相信，我回家后每天会无所事事。我没有什么好狡辩的，或者辩驳我一定会怎样。我也不会去想，等我回家我一定要向你们证明什么。

我只要活在当下，我做了这样的决定，我要去做我想做的事。

我能够理解，你们也希望我继续读下去，因为再读一年，我就能毕业了。再坚持一年，我就能去做自己喜欢做的事了。这也是我的朋友们一遍又一遍劝我的原因。上大学虽然学些不知道是什么的东西，但都是为了这张文凭留在这里的。可是我不是啊，我上大学就是因为我想学我想学的东西。那我没有学到，为什么就不能不学，而去学真正有用的东西呢？

我很在乎你俩的想法，我也一定会尊重的。只要你们俩不说："不行，你不能这样做，你必须读完。"只要你俩不这么明确地拒绝我的想法，哪怕就算一直劝我，或者一遍又一遍地告诉我弊端，我一定会坚持我的想法。我知道，要和其他的亲戚朋友以及老人家说这件事情，他们一定不会理解。可我只需要改变自己，而不是去改变别人。我只要活在当下，而不是永远活在我的计划中。

我的朋友们无法理解，就算他们说支持我，也无法真正理解我到底为什么这样做。甚至他们和自己的父母提起我的决定，他们的父母都会觉得我有病，可是我不需要他们的理解，甚至你们也不需要理解我，我知道自己在做什么，而且我很肯定我要这样做。我自己理解就够了。

谢谢爸爸妈妈愿意看完我这封长得不行的信，有些和你们说过无数遍的话我说了，有些从未和你们说过的话我也说了，我不想再花更多的时间想这件事了，我很忙呢！

最爱你们的糖贝儿

我有很多的担心，也有一些欣慰，贝儿有自己的人生规划了。而我内心的建议肯定是希望她能坚持完成学业的，因为只有一年多就毕业了啊！但这件事她可以自己做决定，如果她做这样的选择，就要承担这样的结果。哪怕是错的，也是可以去试错。这个过程会遇到什么？会不会失败或是有更多的收获？我不知道，贝儿也不知道。

我把贝儿的信发给了我的朋友 J，她不仅是我非常信任的朋友，也是一位资深的 HR，我找到了她给我的微信留言：

泓默，我昨天到公司后一直战乱到深夜，抱歉晚复。

贝贝写得如此情真意切，我猜你也不忍拒绝。我仔细想了很久，却还是不免世俗地想替你拒绝，原因如下：

贝贝知道自己不要什么，但是她知道自己要什么吗？就如同她父亲说的，全身的细胞都在怂恿她。

大学教育，早已不单是在教专业，不是说忘掉课堂教的东西，剩下的才是真正的教育吗？而贝贝的那些自律、主动学习、牺牲休息提前写论文……不正是另一种方式的成长？

退一万步回到专业，我没有发现专业与她的喜爱背道

而驰。她爱摄影、写作，这都是天赐媒体人的最好礼物，但无论是谁的课程，她们的课必须抓人、实战且有趣才能继续经营。

贝贝喜爱写作很正常，但是不代表学校的理论课就没有作用，它是基础，是脉络，是理解一切工具奔向那个结果的意义。

贝贝会不会盲目地把有趣与热爱混淆了？

最后，我不能免俗地认为，只这一年真的可惜，作为一个 HR，未来看到一个孩子的简历上有肄业，哪怕是休学一年也无法回避地想要搞清楚。如果二选一的情况下，大概率会选择一个目标更清晰一往无前的孩子，除非是大咖。

谢谢 J 在忙碌的深夜还关心着我们，我觉得她的想法是客观的，也是理性的，这些也都是贝儿和我需要面对的问题。

其实在很长一段时间，包括在贝儿决定休学之后开始做回国的准备过程中，我的内心也是有过不安和担心，我担心贝儿的未来会因为这个决定遇到更多的问题、更大的风浪，担心她回国后难以面对现实中的诸多考验。

但无论我怎么担心，我也没办法说出拒绝她不这样做的决定。我甚至觉得，贝儿的这些想法是需要尊重和保护的，除开接纳、忍耐、祝福和支持，没有其他可以为她做的。

其实，这件事在贝儿回国前的十天左右又有了巨大的反转，她把休学的决定变成了半年或是更短的时间，其实这个时间就和休一期暑课的时间也差不多了。这里要谢谢她的姑姑和姑父对她的耐心帮助，还有很多关心贝儿的家人和朋友们。

前两天，我很认真地问贝儿，你到底继续上学了吗？考试通过了吗？后续的学习你缴费（报名）了吗？

贝儿很不耐烦地甩过白眼："妈妈啊！！！（那个语气真的是有三个惊叹号的！）你真的是什么都搞不清，我还拿了两个 A，你都不知道啊！不想和你说了！"

回想这个休学的过程，是我们一起经历的一次考验，很多事情并不是开始预想的那样发展。兜兜转转之中，贝儿顺利回国，在国外疫情暴发之前早早回家。年初时那段让人恐慌与焦虑的时刻已经渐渐褪色了。这难忘的一年，我们在一起，一家人在一起。

这是贝儿无比忙碌的一年，在公众号做了第一次自己的分享课程，开出了自己的线上课程，成为五角星团队的第一位实习生……

贝儿一直在帮助弟弟补习英语，弟弟的英语成绩提高了不少；去长沙工作，经历了一次品牌的初创历练。

贝儿全身心投入工作，变得更谦虚了，工作效率和质量已经可以独当一面。是梦想还是天意，我不知道，但我知道贝儿不会回到从前那个曾经的自己了。

关于追梦这件事

这些年，我希望贝儿的学习是能和未来的工作有所连接的。工作的背后是独立，是自食其力，是有责任也有担当的大人。工作是为了生活，而不是生活为了工作。

贝儿读国际高中的时候，我的想法只是不想让她参加高考。我希望她每周末都能回家，不需要参加什么补习班。那时候我和她说：“我们读国际高中，并不是为了去国外读书，如果你将来不想去国外读书当然也可以。”其实，如果不去国外读书又要怎么办呢，我并不知道，我想到时候就会有办法的。

贝儿去渥太华读书之后，学习的状态一直都不错，但她参加五瓣花老师的写作营之后，她和我们写信说，要休学，要回家。我们前后拉锯了几个月的时间，休学的故事跌宕起伏却没有悬念，我们同意先休学一段时间，回家。

贝儿把租好的房子退掉，生活物品一部分打包寄存，一部分处理或是卖掉。买好机票之后贝儿又迟疑了，她和我打电话说：“还是不回家了，还是坚持读书吧，读完书再回家。”

而在家里的我，已经开始为贝儿回家做准备，我准备了一个独立的空间，有可以放书的书架和干净的床品，窗户也请人来擦干净，通明透亮。我在电话里和贝儿说，先不说其他了，回家。贝儿回家不久就是新冠疫情暴发。

我常感叹，贝儿在家的这两年时间，是我们赚来的时间。从小学毕业到长沙读初中和高中，周一到周五都是寄宿，周末回家。而疫情之后，我们三个人每天都在一起，从早到晚哦！实在是太赚了！

贝儿如愿休学了半年，就像她给我们写信中说的那样，她有很多的事情想要去做，因为她有摄影和视频的基础，担任了视频课的助教，那时候她的口头禅是：“和妈妈一起工作！”

曾经对我们一起的生活有过很多想象，但从没有想过真的能一起工作，身边突然多了一个实习生，没有相关的工作经验，直系亲属，还真有点不适应。

贝儿做事是一本正经的范，总会带着她的 iPad 和 Applepencil 敲门后进入房间。她喜欢用家里最矮小的小椅子坐在我的左侧，仰着胖嘟嘟的侧脸看着我的眼睛，和我一起商量工作。

工作中的我，想法总是很跳跃，难免会天马行空地工作安排，有一回她有点招架不住，很郑重地和我提建议："工作安排能不能提前一些，不能说什么就是什么，我必须提前做好计划才能规划好我的时间。"

贝儿说得也有道理，但是我不能就这么夙了。不管怎么样，我是老板啊，哪里有员工和老板来谈时间管理的。我语气很冷很重地说："时间上你得听我的，不是我听你的，你别搞反了。"

贝儿也突然意识到，此刻我们不是母女关系，而是老板和员工的关系，她收敛了笑容，连连答应："好的。"

贝儿做事专注，工作效率特别高。有时候她的速度快得让我有一种幻觉，年轻人的朝气和干劲也感染着我。她跟着我一起熬夜、焦虑、紧张，也一起享受着工作成绩带来的快乐和成就感。我和她说，不能在群里喊妈妈，叫我名字吧。她答应了，但是我还是会自动打开妈妈的身份符号，在群里脱口而出地喊："贝儿，贝儿，贝儿。"

哎，隔离网不攻自破，同学们也知道了贝儿的身份，大家喜欢贝儿的认真和热情，喊她贝儿老师。去年教师节，贝儿还收到了学员寄来的教师节礼物，我看到她的脸庞挂满的粉色，我没有说什么，内心的感动是一样的激荡。

第二期的视频营毕业之后，贝儿工作上有了一段比较长的瓶颈期。她爱我，想要为我分担工作，但她也有自己的想法。我们隐隐感受到工作中的不和谐，哪怕是一样地做事，但工作带给我们的快乐越来越少。我也支持贝儿投递简历，她曾经有过很多的想法，她想要去探索自己的新世界。

2021 年春天，光的研习十九期开学，在课前准备的第七天，我和同学们分享了摩西奶奶和渡边淳一的故事，我听着自己的声音，仿佛一种神秘的力量把我推到了一个窗前，我看到了一个大器晚成的故事，一个人会被另外一个人影响而改变。第二天，我把贝儿叫到跟前，我说你离开团队吧，尽快移交你的工作，你就专心去做你自己想做的事情。

从贝儿离开团队之后，我能感受到她蓬勃的创作力，文章更新的频率提速了，写作的内容和质量也在提高。我们依然黏在一起，能够感受到她身体里迸发出的快乐和自在。

在日常工作的间隙，我习惯在客厅的大桌子前做些手工，今年新添置了一台烫金机，我想要做一些礼物送给我的朋友和学生们，打包的时候让贝儿来帮帮忙。以前她会很抗拒和我一起做手工，今年有一些不同，她喜欢我的创意，啧啧赞叹，也会一起动手试一试。

有一天，她说要学习如何使用裁切工具，让我教她。从那之后，我在电脑前工作的时候，就能感受到贝儿在客厅里裁纸的声音。她不仅在客厅里裁纸，也在卧室里研习印章。随着她完成的手作越来越多，客厅也变得越来越乱，桌上铺满了各种纸、印章和丝带，我第一次觉得这不是乱，而是一次情投意合的交集，我和我的孩子。

吃过晚饭，我们在小区散步的时候，贝儿提到她的好朋友每个月有六七千元的零花钱，这让我感叹自己的“贫穷”！回想贝儿回国的这两年，我已经没有给过贝儿零花钱了，她日常的开销都是需要用“工作”来获得薪水。

贝儿决定自己创业，她要做线上店和线下店，店的名字就是：好语录的安慰。从筹备货品到宝贝上架，从联络物流到打包发货，从策划新品到海报设计，每一件事都很具体，都需要学习。

第一次拍产品照的时候，贝儿问我能不能帮忙，我答应了，相机拿起来又放下，我不拍的原因很简单，创业者需要自己去尝试，自己做会更了解自己需要的是什么。

贝儿生日的那天，淘宝店未能如愿上架。相比写一篇公众号的文章，把淘宝店的细枝末节都理顺比想象中还要复杂和琐碎。她甚至想要放弃 PC 端的页面设计，她对着电脑和我说，太麻烦了！应该只有妈妈才需要 PC 端吧！我立马怼回去，哪怕只有一个客人来看，也应该是和手机端一样的好吧！

当然，我也是尽力做到大方一点的，之前我还很庆幸说她和我爱好不一样，所以不会和我分宝贝，这一次真是翻出来全部的家底，要啥有啥，要啥给啥。这些年囤下的手工工具，拱手让人，这不是断舍离，是真爱，也是满心的祝福。

开业后我每天都会去淘宝店看看是否有新的订单（需要记住前面的数字才能测算出大概），看到客人写的那句“贝儿多像妈妈……”会泪目，还有一个买家的留言特别打动我：“虽然购买的初衷是出于支持的，但收到发觉是店家很用心做出来的。因为，东西让你觉得一个人做事该有的态度和细节都有了，事情没有大小，只有用心不用心。包装很女性化，书签却很大气，物超所值。”

每一个订单都是一份期待和信任，滋养着贝儿的小小梦想。开始学习设计，开始学画画；寻找合适的物流合作，和对方介绍自己的小店，商谈价格；从各处搜集纸样，学习印刷打样；每天去新工作室跟踪装修进度，现场处理各种问题。

贝儿学运营，学设计，学习沟通和表达，而我常常说的是：照片的曝光还可以更好的！再检查一遍！再认真地检查一遍！构图有问题，没有拍出卡片的质感！这个包装的感觉还可以更好！尺寸不对啊！尺寸不对感觉就不对了！为什么还不上新！为什么还不及时记账，数字很重要！

…………

这些宏大又细碎的问题，相信贝儿也是想过的。品牌、客单价、客流量，这些都是暂时无法逾越的高山。创意的火花绽放，梦想熊熊燃烧，路要一步步走，饭要一口口吃。

越是想要伸出援手，越是需要克制每一次的表达：你自己是怎么想的？有没有第二种或第三种方案？我的建议给你参考，要怎么做你自己决定吧！

贝儿在一篇文章中写了一句她很喜欢的话，这句话也是她的微信签名：

“未来不迎，过往不恋，当事不杂。”

对未来，从妈妈的角色来说，我无法洒脱地“不迎”。对于未来，我担心、焦虑、有严重的臆想症！

对过往，我依恋，我不想失去，这是我幸福生活的源泉。

对当下，我无法抽身多重角色的每一个责任，只能努力去兼顾。

关于追梦这件事，我们继续向前吧！

长大后（∞）

5

长大以后，你是这样地爱我

在《糖贝贝日记》的最后一章，我想放入几篇贝儿微信公众号的文章。

贝儿送给自己十八岁的生日礼物，是开启了自己的微信公众号“好语录的安慰”，这是她计划一直要书写文字的地方。三年的时间，她已经原创了 300 多篇文章，有五十多万字的书写。

贝儿的梦想是成为一名作家。这样的梦从她初中就开始冒泡，一直到大学一年级的时候，她才紧紧地抓住了这个梦想。每一次写作，都是她在这一条蜿蜒曲折的路上的艰险跋涉，但我知道，她是快乐的。

贝儿的文字里有我，有我们之间的故事，好像是在贝儿小时候的满心期待，被时光的橡皮擦一点点擦掉了朦胧，看到了她长大成人的样子。

妈妈的二十个心愿

文/糖贝贝

写给贝儿的N个心愿

文/朱泓默

亲爱的贝儿，一早打开了“多么美妙的世界”，伴随着你的单曲循环，我的心飞到了你的身边。

你写了《妈妈的二十个心愿》，你轻轻地和我说：“妈妈，2020 年我就二十岁了，我收藏了妈妈的二十个心愿来陪伴我的新一年。”

想哭，但是我忍住了，因为又想笑喷呢！我的天，感觉还是三岁的贝儿，一下子长大了十八岁，那个刚刚才满了十八岁的贝儿一下子就要二十岁了！时间啊，你能不能等等我，慢一些，再慢一些。

关于那二十个心愿，我还可以再吧啦吧啦地补充一些。

贝儿，妈妈愿你爱上花园。

花园是变化的，是不确定的，是起起伏伏的。就像你的生活。你一路奔跑去到了一个高点（花园里花团锦簇），随后伴随你的可能是一路的颠簸坠落（一朵花的枯荣）。当你在低谷（花园在冬天的萧瑟），后续会有向上的趋势（植物凋零了叶子，却又积蓄着能量等待着春天的生长）。

贝儿，去感受花园里靠近门廊的那一排竹子，在狂风吼叫的时候，它跟随着风肆意摇摆；当风停了，它安静地簇立着，纹丝不动；当风又轻轻吹起，它又摇曳起身影，在灰白的墙上画出斑驳的光影。

清除杂草之前，你要懂得分辨哪一些是杂草；修剪枝条之前，你要确定藤蔓的哪一个芽点是适合修剪的位置。你也许会舍不得修剪，这不是一点点长出来新枝条吗？但修剪是必需的，植物的徒长不利于开花结果，哪怕你很满足它日渐丰盛的枝条。

你还要记得给植物换盆。我们家是露台的花园，大部分的植物都是种在大大小小的花盆里。如果植物长大了，你就得给它换一个更大的盆。还记得你的小床吗？小时候的婴儿床，高低床，儿童床和现在为你定制的床。在你长大的时候，每隔一段时间就会给你换一张床，而你也将会给自己的单人床变成双人床，双人床还可能会多一个可爱的小婴儿……

贝儿，成年之后的隐形成长，妈妈就不能时时照看你了。去感知生活的变化，及时给自己换新到新的空间，蜕变的成长需要蜕变的环境，二者相辅相成，这也是花园给我的启示。

贝儿，妈妈愿你看完《观呼吸》。一杯浑浊的水，静置的时间越久，杯中的泥沙沉淀下来，水就会变得越清澈。

那天，我与你讨论一位顶级流量的超级网红，我们的观点痛苦的心结，疑惑的问题，焦虑的气息，都能因为一本书化解。

- 做计划

无论做什么，事先应该有个计划。我铭记于心，时时谨记。

- 眼光放远一点

活在当下，但眼光不要局限于当下，多为五年后或者十年后的自己想想。

- 找到热爱的事，付出所有

妈妈说："只要有良好的习惯，专注的事情，正向的人格，其他的问题都不会是什么大问题。"找到热爱的事，付出所有。

- 不要有感性的烦恼

感性的烦恼少一点，我就有更多时间做有意义的事！

- 爱自己

好好爱自己，才有能力爱身边的人。

- 主动一点

我从不主动做些什么，问些什么，总爱待在自己的舒适圈。2020年我一定一定要迈出自己的舒适圈！

- 掌握一门语言

学好英语，是一技之长，也能有更多的途径学习。

我的妈妈呢，一直是个都不太一样的妈妈。她对我的要求总是奇奇怪怪，比如，微信头像一定要好看，朋友圈里的图片一定要好看，考试可以不及格，但心情一定要好，吧啦吧啦一大堆。不过，也正是这样，妈妈的爱才一直都呵护着我。

最爱我的妈妈有二十个心愿，在 2020 年我要好好守护。

- 平安，命要紧

“贝儿，每天都要报平安哦。”“贝儿，晚上不要出门，好好待在家里哦。”“贝儿你出去玩，要每隔一个小时就给妈妈打电话哦。”

妈妈常挂在嘴边的嘱托，是她最最简单的心愿。只要身体康健，平安无事，日子总是有好盼头的。

- 珍惜时间

我一直想要保持一个平稳的、高度集中的状态，能够掌握好自己的时间，才是自律式的自由。

- 阅读

妈妈总说 ：“只要你爱上阅读，妈妈的心就安了。”是啊，所有一致：无论做什么，专业是重要的核心之一。无论选择做什么，都必须有超强的专业能力，才能获得一定的成绩。我们从他的文章里看到超级流量背后所背负的东西，透支生命或是他的选择，但妈妈希望你在选择追求自己的理想生活的路上，能全力以赴地努力，也能在奔跑的状态里切换频道，静下来。

你问我平衡是什么？平衡并不仅是你可以驾驭好生活与工作，也不仅是你拥抱快乐与忧愁。平衡是你可以平静地自处，在感受幸福的时候也知道可能面对不幸，在收获成功的时候，有准备接受突如其来的变化。

你问我如何才能平衡呢？《观呼吸》这本书可以帮助你的。就像德宝法师说的，你做一个人应该做的事，却不让自己受欲望的迷惑与压迫；你可以想要得到某些东西，却不需要追着它跑。有困难，也必有坦途。

如果你懂得呼吸之间的停顿和放空，也就学习到如何使用身体，在呼吸里去观察。懂得忍耐和自律，把麻烦变成机会，培养自己处理问题的能力，即使是周遭喧哗，也有自己的方法来克服分心。

时间多么宝贵，把你的时间花在你想做的事情上，持续地坚持、深入，你就会在这个过程中获得继续做下去的勇气和智慧。

在坚持的过程中，也需要及时思考和总结。目标是需要反复地校正的，也会在一次次的重复中重塑新的目标。如果发现了问题，就去纠正，出现问题是很正常的，为此而调整方向与持之以恒并不矛盾。换言之，人生就是持续的坚持和不断改变的叠化。你在坚持和改变过程中的经历与经验是你用时间换来的人生，也就是这些曾经的坚持和改变成就了现在的你。

贝儿，现在你知道了，妈妈的心愿就是一个无底洞哦！但如果只说一个心愿的话，还是那句话啊："注意安全！命要紧！"

我的小女孩

我的小女孩，一个很挑食的小女孩，一个爱吃零食的小女孩，一个喜欢跟我打闹还会跟我撒娇的小女孩，她就是我的妈妈呀。

高三的暑假很长，有差不多三个月的时间。朋友们常常约我出去玩，每次都被我以不同的理由拒绝了，其实不是因为我有多忙，也不是因为父母不准我出去玩，我就是想待在家里，待在父母身边，每天都黏着他们，只要是和他们在一起，感觉干什么都很开心。

十八岁的我一直在寻找什么是长大，是长高了被外婆拍拍肩说“贝贝长大了”的时候吗？是我在洗碗，爷爷在一旁说“贝贝长大了”的时候吗？是我拿着自己的计划表给妈妈炫耀，听到她说“贝儿长大了”的时候吗？我觉得都不是。

在有一瞬间，我觉得自己长大的时候，是我知道父母对我的爱，我想用同样的爱去回报，去回应的时候。

所以，当天不怕地不怕的我突然害怕妈妈生气和难过的时候，我觉得自己长大了。

我和妈妈的关系极其亲密，常常躺在床上向彼此诉说自己的烦恼和小秘密。来渥太华之后，我专门买了一盏放在床头的小灯，我躺在床上睡不着的时候就开着它，会想起妈妈睡在我的身边，在我很困的时候跟我聊天，等把我弄醒了，她就一翻身说："不说了不说了，妈妈要睡了。"

我曾经因为她这样的无理取闹感到很无奈，但是每次不管她多困，她都会迷迷糊糊地说："贝儿晚安，妈妈爱你哦！"说完之后，她会含糊不清地重复好几遍，我会回复她："我也爱你哦，妈妈。"

妈妈喜欢和我亲亲，在还没有寄宿的时候，她总是会在我睡前跑来我房间亲吻我，然后抚摸着我的额头说晚安。妈妈从不关心我的学习成绩，她在意的事情就是我是不是开心。寄宿之后每次打电话回家，妈妈的第一句话问的都是："贝儿，今天你开心吗？"

如果我说开心，妈妈会马上进行接下来的谈话，如果我说不开心，她就会问我发生了什么。

或许因为这个每天都要回答的问题，我会很自觉地仔细回忆一天当中让我开心的事情，然后点点头说开心呀！

妈妈对我学习成绩不关心，不会因为我考得不好而责怪我，也不会因为我考得好而奖励我。

"考了一百分妈妈给你换手机。"这句话妈妈从来没有对我说过，如果考得好向她讨要奖励的时候，她就会说："妈妈奖励你一百个吻好不好呀！"

我的吻真是太多了，会摆摆手很"嫌弃"地拒绝。现在，我知道没有别的可以要的，干脆讨要一百个吻了。

小时候不喜欢妈妈的唠叨，一件事总是重复地和我说，会觉得很烦。现在我更愿意把事情主动分享给妈妈，我很想听听她的看法，需要她就事论事地给我意见，因为我知道妈妈会比我有更深的思考和更准确的判断力，我希望我能变得像妈妈那么厉害，未来我就能成为她的工作伙伴了。

妈妈每次有"光的研习"聚会的时候都不愿意带着我一起去，她是一个工作起来很认真的人，即使她知道我可以自己照顾好自己，不会给她添麻烦，她都不愿意带上我。我明白其中的原因，因为她不想因为牵挂我而分心，她想要专注地做事，把她所有的都给她的学生们。但是她可能没有考虑到我为什么那么想要和她一起去聚会的原因。

读小学的时候，我在湘大的梯形教室里看过她给大学生做讲座。妈妈让我在下面写作业，我会时不时抬头看她一眼。妈妈站在讲台上的样子，身上散发着自信和温暖，眼睛里全是亮晶晶的光。

这几年，我再有机会坐在一旁听她和别人讲话，或是她在很多人面前发言也是一样，妈妈眼睛里的温暖与光芒从来没有减少过，而是因为时间的推移而变得更加深邃。

所以，我想要和她一起去聚会，不是为了好玩的活动，也不是为了去见我心心念念喜欢的姐姐阿姨们，是因为我想在台下仰着脑袋看那个总是散发着光芒的她。

每次看到这样的妈妈，我就知道，以后一定要像她一样优秀。妈妈说，等我留学回来，可以作为嘉宾参加“光的研习”的聚会。

嗯，我会努力的。

妈妈辞职后就沉浸在自己喜欢的事情里，摄影，手工，花园，上课。

妈妈爱看书，当她有问题无法解决的时候就会去书里找答案。妈妈做事比我认真和沉静，我经常看书看到一半就摸摸手机干干别的了，或者干脆觉得困了去睡觉了，可是她总是能专心地去做完该做的事情。

有一次，我将自己书桌上的东西全都移到了妈妈工作台的旁边，我们成为了同桌。我搬过去的目的是让妈妈监督我学习，因为我想着她会盯着我有没有在摸手机。后来才发现，妈妈根本就没时间管我，只要我在旁边不吵，怎么手舞足蹈她都不关心。我被妈妈的专注力感染了，我开始“挺直背”认真学习，偶尔偷偷看下手机又马上拿起笔继续学习。

在我心里，妈妈是真的会魔法。初三在学校旁边租房子，她带去了一些简单的家具和装饰物，几下就扮成了一个好看的家；上大学后我要写论文，从来没有写过论文的我怎么提笔写都不知道。我在微信上一边撒娇一边抱怨一边求助，妈妈像是哆啦 A 梦一样很快就给我找出了很多数据，我终于顺利地完成了论文。

感谢我的小女孩，她教会了我爱，教会我成长，告诉我要感恩。

很爱我的小女孩，她是世界上最可爱、最温柔的妈妈。

祝我的小女孩生日快乐。

我终于喜欢阅读了

最近和妈妈视频聊天里的内容，大部分是和阅读这件事情有关。

妈妈是一个很爱阅读的人，她认为养成阅读的习惯很重要，尤其是阅读那些优秀的书。所以在我小的时候，她会经常问我，贝儿你最近阅读了吗？贝儿你最近都看了什么书？贝儿你最近有和新书做朋友吗？

上小学的时候，每年学校都会发一张很大的表格让我们带回家里去填，去订阅新一学期的书刊。我每次都是自己先选好，然后拿给妈妈“审查”，有些会被划掉，再给我添上一些。

我很深刻地记得妈妈给我订过一本国外出版翻译成中文的手工书刊（不记得名字了），虽然我从来没有动手做过，但是每次都看得津津有味，很多同学都会找我借阅。但很可惜，不久之后因为订的人太少，就下架了。

现在我十八岁，正在国外留学读大一，如果说成年之后回忆起自己小时候做过最后悔的事情，我觉得不是因为我从没有当过学霸，没有拿到过好成绩。最后悔的是小时候，在我还有很多时间的时候没有好好阅读，即便有阅读，也没有读什么特别营养的书。

那个时候总是因为阅读的事情跟妈妈吵架，我理直气壮，觉得自己没有做错。现在想想，那个时候真是幼稚无知，荒废了多少时间在没有意义的事情上。

妈妈曾经给我买过很多书，大部分都在我的柜子里面收着，没有被翻出来看过。更后悔的是，我不仅在家里没看，就连出国，我连一本书都没有带上。最近在看的一本书，也是妈妈推荐给我的，这本书让我有深刻的反思，让我下定决心删掉了手机上浪费时间的娱乐软件，让我下定决心买了一个 Kindle（电子阅读器），每天不管有多长的空闲时间都会拿出来翻看。

这本书是我现在最喜欢的 top1（排名第一），每每读到对我很有帮助的语句时，我就会在心里和她对话，产生自己的思考。我很庆幸，在我刚入大学之初开始喜欢阅读，阅读带给我力量，也让我感知自我的价值是什么，大学学习的价值又是什么。决定未来的是对变化的把握能力，决定自我价值的是做好我自己。

在我某一个不知为何而痛苦哭泣的晚上，它告诉我——

“心的平静来自于长期、耐心地自我控制，心灵的安宁意味着一种成熟的经历，以及对事物规律的不同寻常的了解。”

在我找不到读大学的理由，困顿在每一个起早贪黑却不知道在干什么的心境里的时候，它告诉我——

“在幼小的时候，我们不曾迷失和困顿，因为那个时候我们信仰父母，确信父母可以给予我们正确的指引；小学和中学的时候，我们也不曾迷失和困顿，因为那个时候我们信仰老师，信仰知识，确信老师可以依赖，知识可以依赖；上了大学，进入到社会，我们遇到的挑战和痛苦加大，独立承担责任的压力开始让我们困惑，同时因为能力的增强，而在大学里并未拥有确信的能力，我们开始质疑老师、质疑社会，甚至质疑所学到的知识，找不到可以依赖的对象。”

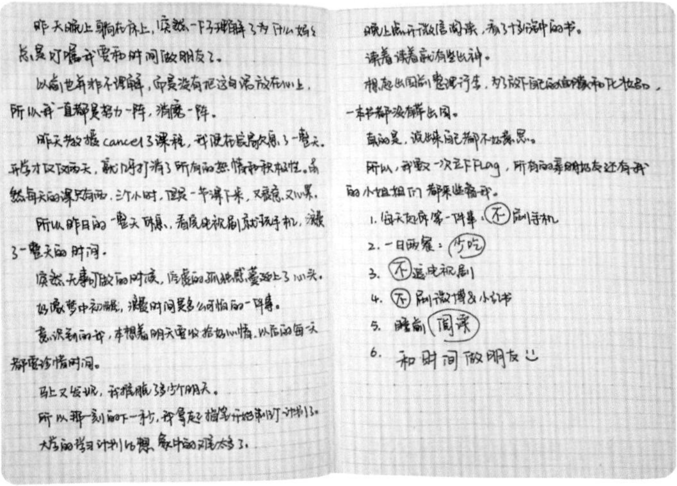
昨天晚上躺在床上，突然一下子理解了为什么妈妈总是叮嘱我要和时间做朋友了。
以前也并非不理解，而是没有把这句话放在心上，所以我一直都是努力一阵，消磨一阵。
昨天教授cancel了课程，我便在寝室休息了一整天。开学才仅仅两天，就几乎打消了所有的热情和积极性。虽然每天的课只有两、三个小时，但是一节课下来，又疲惫、又心累。
所以昨日的一整天休息、看电视剧、玩手机，消耗了一整天的时间。
突然无事可做的时候，深深的孤独感蔓延上了心头。
好像梦中初醒，消耗时间是多么可怕的一件事。
意识到的时候，本想着明天要收拾好心情，以后的每一天都要珍惜时间。
马上又发现，我错过了多少个明天。
所以那一刻的下一秒，我拿起指笔开始制订计划了。
大学的学习计划比想象中的难太多了。

晚上点开微信阅读，看了十多[illegible]中的书。
读着读着就有些出神。
想起出国前整理行李，为了放下自己的衣服和化妆品，一本书都没有带出国。
真的是，说出来自己都不好意思。
所以，我要又一次立下Flag，所有的亲朋好友还有我的小姐姐们都来监督我。
1. 每天起床第一件事：不刷手机
2. 一日两餐：少吃
3. 不追电视剧
4. 不刷微博&小红书
5. 睡前阅读
6. 和时间做朋友

在我觉得不应该像现在这样享受独处，而应该去迎合他人时，它告诉我——

“生活在社交人群当中必然要求人们相互迁就和忍让，因此，人们聚会的场面越大，就越容易变得枯燥乏味。只有当一个人独处的时候，他才可以完全成为自己。谁要是不热爱独处，他就是不热爱自由，因为只有当一个人独处的时候，他才是自由的。”

在我整日整夜为拿到奖学金，而能减轻父母的经济负担而努力学习的夜晚，它告诉我——

“学习是为了你自己，是为了你能够直觉与认知世界，是为了你可以与世界对话，与外界交流，最终是为了你感受到真正的美，也因此让世界感受到你的创造与价值。”

我是在回家的路上，下了公交车，站在原地把最后一段内容看完的。读完之后，我收起手机，双手插在口袋里，往家里走去，我感受着渥太华日渐变凉的风，我看到松鼠在别人家门口蹦蹦跳跳，我听到我的鞋子和水泥地的摩擦声。

我很感谢我的朋友，她的摘抄让我开始阅读一本书。

我很感谢书中的话语为我解惑，也鞭策我学习和反思。

我很感谢我的妈妈，耐心听完我每一次的读后感，从来没有放弃让我爱上阅读，将我引上正确的方向。

我很感谢自己，我一次又一次地肯定自己，相信自己，督促自己，然后成为了更好的自己。

要听妈妈的话

从外面拿完快递出了一身汗，回家洗澡一身清爽后优哉游哉地一边看着电视剧一边整理快递，妈妈开始不停地在外面喊我的名字，声音越来越大，听出了声音里的不耐烦，我赶紧跑出去。妈妈催着我做这做那，那种拒人千里的语气把“我不开心”这四个字诠释到了极致。

我按照妈妈的指示，从屋顶把快递纸箱拿下来，然后用抹布擦去灰尘，把要寄去加拿大的东西在客厅里放好，再跑到妈妈的房门前轻声说：“妈妈，可以开始清东西了。”妈妈走出来，指着桌上乱七八糟的东西说：“你摆好撒，哪些要带哪些不要带的都分开摆撒。”

“都是要带的啦，不然我放在这里干什么咯。”我也跟着不耐烦，语气提高。

“你寄一部分带一部分，到时候丢件就没关系了是不。还有这些笔和本子，你拿个袋子装不好些啊？改正带拆开就没那么占地方了不，你有的时候做事真的是……”我站在妈妈身后，白眼都要翻到天上去了，就听见她在那里叽里呱啦不停地数落我，心里一百个不服气，但是又真的不敢发脾气。

两个人都默不作声地在清东西，本来从初一寄宿的第一天，所有的行李都是自己清好，之后妈妈也从不管过我的行李，突然一下子被这里说那里说，很想顶嘴，心里已经和妈妈大战三百回合。

“你看，把这些东西都这样分类装好，是不是等你收到的时候也方便拿出来些呢？”妈妈一边说，一边又在给我准备的一沓草稿本打上丝带：“你看，这些丝带如果以后你要给别人送礼物也可以装饰一下啊。”

就这样又被她念着念着，我又不生气了。

连把“搬家”的快递都打扮漂亮，也就只有我妈妈了，其实想想也是，分开用袋子装好，到了加拿大再清东西的时候也会方便很多。

所以啊，要听妈妈的话。

前阵子和妈妈吵着要去毕业旅行，她怎么都不同意，闹出了很多的不开心，本来和朋友们一起想要实现的计划都没有实现。后来她们都还是去了，只有我没去，看到她们在朋友圈里晒出的合照还有各种美食，心里却没有多羡慕，也没有了对妈妈的埋怨。

埋怨一开始是有的，埋怨妈妈为什么不让我去毕业旅行？为什么老是管这管那？为什么老不准我去烫头发打耳洞？（抗争了很久，现在还是准了，哈哈哈）为什么总是因为一点很小的事情念念叨叨烦个不停？

选学校和专业的时候，被妈妈说服去了卡尔顿读传媒，之前的恼怒和排斥都变成了现在的憧憬和向往；没有去成毕业旅行，但是上了两天半 Fei 老师的棚拍课，认识了很多优秀又有意思的同学，吸收很多的正能量；因为前段时间刚放假总是起得很晚而被批评之后，开始强迫自己每天都要比妈妈先起床，多了很多做事的时间。

昨天和妈妈说我想赚钱，顺便试探了她的口风是不是允许我做代购什么的，被严厉批评，并且在床上与我深夜谈话。大致的意思就是，现在好好读书，好好学习，多看些有意义的书，如果以后能拿到全额奖学金，比代购还要赚钱得多。我又问妈妈需不需要我帮她写公众号的文章，我一直都只能写出自己心里的东西和自己想要的动词，如果别人来要求我写些什么我却什么也写不出，所以从妈妈的公众号开始，想要挑战写作上的这个坎。又被妈妈拒绝了，她拒绝的原因是希望在我还有时间写自己想写的东西的时候，能多写一些表达自己感情的东西，这是一种我不自知的幸福，也是妈妈保护起来的幸福。

每次被妈妈教育之后，心里都是：哦，也是哦，好有道理，然后被成功说服。

也不是所有的事情妈妈都能说服我，比如，打耳洞和烫头发，我也会变成小狮子奋起反抗，然后达到自己想要的目的。

很多时候，沉下心来想，妈妈说的那些话，都是为自己好。

“抓紧时间，做事的动作快一点。”

“不要总是看手机看电视剧，你把这些时间都花在阅读上多好。”

“你居然开 25 度的空调！给你调到 29 度！”（哈哈哈，然后又会被我调回去）

…………

我一直都迫切地想要成为更好的自己，妈妈又何尝不是呢？我曾经把妈妈的很多话都视为一种想要张开双翅的阻碍，不耐烦，会生气，还会翻白眼发脾气，其实那些都是在丰满我的羽翼，为了我能更好地享受自己的天空。要听妈妈的话，不是因为我的妈妈是世界上第一可爱，而是因为我们彼此相爱，是因为妈妈的爱陪伴我一路成长。

和妈妈一起工作

回国之后，第一份工作是妈妈给的，她把“Sweet MoMo”的公众号交给我，让我每个月策划一次创业者的专访，写一些为他们而创作的文字。

我是战战兢兢地接下这份工作的。

每次尝试新的事物，我第一个想到的是“如果我做不好怎么办”。后来我发现，这样的想法只是徒劳，去做就好了，结果如何，到时候再说。嗯，这也是和妈妈工作后的收获之一。

妈妈要开视频课程，我抱着会视频的剪辑和拍摄，能够帮上忙的想法，就主动说：“那我给你当助教吧。”这回轮到妈妈“战战兢兢”了吧！我们俩要适应新的关系，从母女到师生，再到工作伙伴。

作为母亲，妈妈会包容和鼓励。作为老师和“领导”，更需要反馈和指导。妈妈在工作的时候，我是绝对不可以进入她房间打扰她的，只有巧克力可以趴在她脚边，因为它实在是安静到可以被忽视存在。现在，我已经被特许了“通关口令”，随时都可以打开泓默的房间。

和妈妈一起工作是怎样的呢？和泓默一起工作是怎样的呢？第一个浮现在我脑海中的关键词是：珍贵。对于我而言，这是十分珍贵的经历。

身为“朱泓默”的头号迷妹，我对她的工作状态、生活态度都无比崇拜。所以即使我会担心害怕自己做不好，依旧答应接下工作的原因就是，我知道这是一次不能错过的绝佳学习机会。

第二个关键词：努力。

我为泓默老师与小英老师合作的大课——“生活的视界·视频研习营”首期课程做准备。妈妈将我拉进五角星团队的群里，让我作为实习生进入团队，也方便我和大家日常的沟通和学习。妈妈特别嘱咐我在群里不要喊她妈妈，要喊泓默。我赶忙说：“好的好的，我知道了。”

这是我第一次近距离地接触工作中的妈妈，以及传说中的五角星团队，我真实体会到工作与学习的不同。

学习是汲取知识，是一个将知识转化成自己的过程。工作呢，是不断输出，不断思考，还附带着学习的过程。工作确实比学习更费劲，更费脑，还费体力。

课程上新的前两天，五点睁眼，开始运动，冲凉后就马上坐在电脑前工作。早餐总是被我遗忘，只是喝了咖啡，其他两餐也很潦草。有一种感觉不到饥饿和疲惫，全身心投入进去的充实感。一直在电脑前忙碌到十一点半，才依依不舍地离开大桌子准备上床睡觉。

真的很像打仗。

我是电脑和手机轮番着用，在电脑上编辑完，发到手机检查效果和错字，一边听着妈妈的新指令，一边手忙脚乱地处理。打字从没有这么快过，好像下一秒就可以起飞，哈哈。

与此而来的是压力，几天时间我就掉了许多头发，比在渥太华的时候还严重。五角星里的每一个人都太优秀、太专业，工作更认真、行动更迅速。我比以往的任何一次都要努力，见缝插针地工作，如果忙完手头的事儿，下一个任务又还没发布，我才会抽空写自己的公众号。这让我想起，上一次这么努力还是在高二呢。每天只睡四小时，一门心思都在考试上，最终得到了很好的结果。所以，我相信这一次，一定也会是这样。

第三个关键词：学习。

在 YouTube、B 站上，我最喜欢看的一类视频内容就是“如何学习”，可我在工作之后发现，最好的老师竟然是我的妈妈。在涉及一个新的领域时，她会先学习，比如，选择合适的书，然后把它们

“啃”下来。而我捧着那几本剪辑的书，实在是太痛苦了，看那些用来描述软件操作步骤的文字，很费脑子。我要向妈妈学习，沉下心来学习枯燥的内容。

妈妈没有周末和假期，每天都像陀螺一样连轴转，但她每天都有两个小时的时间来学习和做笔记，包括她在拍摄和剪辑之后的复盘和总结，笔记的内容细致到用了什么字体和字号的大小，频闪的处理方法等。

妈妈最常说的就是：“还不够。”

学习得还不够，做得还不够好，专业水平还不够……

今年妈妈创作了很多优质的视频作品，我最喜欢她在疫情期间制作的“治愈生活的影像系列”。素材是日常拍摄积累的，剪辑花了好长时间，反复地修改。回想我的一支视频一两个小时就能剪完，这就是我的视频没啥长进的原因吧！可妈妈的精良创作让每一支视频都成了精品。这让我在思考我做事情的态度，一定要谦逊，要有“还不够”的泓默精神，这样才能进步。

这次上新课程，“生活的研习室”和“Sweet MoMo”公众号推文还有课程的详情页面，我们一起校对了不下五十遍。版式、字体、字号、图片、文字，她的要求很高，达不到要求她会给我们时间再调整，绝不会勉强地同意推送。

“你再修改，你再检查。”妈妈常说的这句话，过去几天我连晚上做梦都会梦到。

和妈妈工作几个月之后，这一次的期末考试，我第一次沉下心来回检查几遍才交卷。我的天，真没想到我会以这样的方式改变。我变得严谨认真起来，完成工作（试卷）并不是最后一步，仔细检查才是最后一步。

这个月的“Sweet MoMo”采访了小英，问到她与泓默工作的感受时，她写了好长一段话：

她是个非常努力的人，比大家想象得更努力，我和晶晶都笑她是一台永动机，总有无穷无尽的想法和创意，也许都是她自己喜欢的事情，就不觉得辛苦，而是乐在其中。

在工作上有不可控的因素而偏移计划，她也不会懊恼，而是会迅速地调整，把精力放到眼前可以把控的事情上，不被感性烦恼所困扰。

泓默是我遇到的唯一一个在战略上可以引导我，在战术上又可以指导我的人，她有敏锐的触觉，善于发现新的

趋势和机会，但当我真正遇到操作上的问题，她又能手把手地教我怎么做，这让我觉得太不可思议了。

诸如，计划性、付出不亚于任何人的努力、不要有感性的烦恼、成人达己这些工作的方式方法，泓默没有过多的说教，但她自己就是这么做好给我们看的。

是的，泓默就是这样做的。作为妈妈，她希望我多阅读，希望我珍惜时间，希望我好好对待生活，她没有在我身后不停地鞭策我，而是和爸爸一起这样做给我看。

对于工作，泓默有足够的专注，极致追求细节，这一些都深深影响了我。有一天我离开家，离开爸爸妈妈，投简历、找工作，在一个陌生的地方开始新的工作。我会把我从妈妈身上看到的样子，变成我的样子。

工作真的很累，比上学累多了。可我喜欢工作，喜欢听领导指挥，哈哈哈。

平凡的日子

六点四十，爸爸来替班，妈妈还没睡醒，我整理好书包悄悄离开病房。

到家已经是七点多了，巧克力满是热情地扑向我。给它开了屋顶的门好让它上厕所，准备好早餐，烧水，洗衣，最后去洗澡。

用完早餐，时间还早，阳光也并不强烈，去花园浇水。巧克力好奇跟上来，看到我拿起水压枪赶紧掉头就走，怕水怕得很。

打开水，看到这些蓬勃生长的花草，内心终于平静下来。妈妈虽然病了，但她总是以各种各样的形式陪伴我。有一枝月季，手掌心般大的花，细枝被压弯，像一位绅士在鞠躬。它可真是院子里最礼貌的一朵花。

我找了把剪刀摘下，插进花瓶里，打算带给妈妈。在花园里，可以俯视平日里从窗户里看的那片绿色。

“横看成岭侧成峰，远近高低各不同。”有棵树——我向来叫不出这些树的名字，它开着大朵大朵白色的花，花心是黄的，那种非常深沉的黄，树叶也是深沉的绿。这棵树在众多同胞里脱颖而出的原因，是那暗淡的没有丝毫光泽的叶子与花蕊衬得花瓣那样纯洁、干净。

只是一眼，它的样貌就被我深深记在心里。

浇花的时候，整个人都浸泡在阳光底下。抬头，那些白云啊，在蓝天的怀抱里显得柔软极了。像一团又一团的棉花，如果用这些织成一床被子，会有多舒服呢？好想盖着云朵在草地上入睡。

劳动一番，回到桌前，拿出计划本写下下周要完成的事项。每次做这件事时，我都充满干劲。这是我今年第一次用计划本，我经常这样，在电子产品与纸笔之间来回转换。即使前者在我的时间里占据了更多的时间与精力，也不妨碍我喜欢纸笔。钢笔是收到的礼物，换上墨水不久，爱极了。

唯一不好的，是纸张有些浸墨。有很多东西要洗，还好老天爷送了个晴天大礼包来，不然真是头疼。

我开着窗户，最近前所未有地喜爱吹自然风，往常稍微热点就要开空调，不知是否与心态有关。晾衣架随着风轻微摆动，上面挂着刚洗干净的衣物，整个屋子里弥漫着清爽的夏日气息。

望过去，先是桌上摆的鲜花，全是屋顶摘下的。有几簇野花，它们在草地和各种花盆里肆意生长，比精心呵护的蔬菜更有生命力。

还有玫粉色的鲜花，在花园里盛开好多，妈妈早早就插进花瓶里，无论是花园的还是屋子里的，都长得极好。

玫粉色，真是吸引人眼球啊！

接着是洗衣房，挂着衣服总是有些凌乱，但这幕场景总是把我带去宫崎骏的动漫里，《龙猫》那一部。巧克力迈着它的四只小脚，吧嗒吧嗒地走进来，柔软的毛发与身体贴着我，摸摸它的耳朵，抓抓它的下巴。它舒服得眯起双眼，真是会享受。

然后呢，就是绿树、蓝天与白云了。这场景在我的生命中日复一日地出现，可我怎么还是如此喜爱呢？

写作累了，起身做些家务，十点左右，邻居家传来琴声。我想起年幼的时候学钢琴，那叫一个痛苦啊。不知道那位小孩与我当时的心情是否相符？无论怎样，琴声持续了很久，一首曲子翻来覆去练，真是个刻苦的小孩。

下午给爸爸清行李，他晚上要去长沙住一晚第二天才回。巧克力见我拿着背包，焦虑不已，以为我又要将它一个人丢在家。太可怜了，我换上运动衣，准备带它出去玩来弥补心里的愧疚。

巧克力的快乐特别简单，只要带它在院子里跑上几分钟，就很满足了。三点正是晒的时候。然而陪伴巧克力在院子里疯跑的这十多分钟，心情也舒畅许多。我俩都累极了，一个浑身是汗，一个吐着舌头不停哈气。

歇了一阵，上午晒的衣服这会儿全都可以收起来了。收拾的时候伴着几阵大风，那几团停在窗外的云都被吹走，只留下一片蓝。窗外的鸟们叽叽喳喳的，在讨论什么呢？或许就是在说这阵风吧。之所以这样猜测的原因，是风停后，也没了鸟叫。

也许是因为妈妈病了的原因，我对“普通”两个字有了更深的理解。在时间长河里，遇到喜事或坏事，内心装着喜怒哀乐，盘算着柴米油盐。谁能躲得过这两个字呢？不要躲，因为生活本质上就是普通啊。但是再平凡的日子，也有许多闪光时刻，再难过的时候，也有阳光照耀。越趋于简单和自然，越容易满足和快乐啊。

文章写于 2021 年夏，我因突发耳石症住院期间。

住在森林里

这天，我还是在客厅工作，这是最好的时节，等到了夏天，我就该坐不住了。

妈妈拼了几盆多肉，用它们将我的座位围住。我心想，这可真是变着法地让我爱上花园啊，就像是住在一个小森林里。

疫情之后待在家里的时间越来越多，也慢慢地感受到空间的重要性，内心生出一股欲望，我要一个属于自己的空间。

英国女作家伍尔夫这样说过："一个女人如果打算写小说的话，那她一定要有钱，还要有一间自己的房间。"她生活在一个女性只是男性的财产和附庸的世界里，女人没有办法像男人那样受到良好的教育，辗转各地认识世界，所以她这样鼓励女性，女人应该拥有自己的房间，拥有自己的财产。

当然，现在的情况已经不同往日，但我仍然渴望拥有自己的空间，这是很重要的事。自己的空间只属于我，由我打造，为我服务。

我喜欢我的家，喜欢和爸爸妈妈住在一起，我住在心中最美的屋子里。然而，当我凝视窗外的树木，心里会涌起力量，汹涌澎湃的感情激励我更努力，努力去拥有自己的空间。

我在家里是完全自由的，我会拿着电脑游走在家里的各个角落，主卧，客厅，我的卧室，书房。我可以根据心情、天气、温度、光线来选择我今天在哪里学习。有时我会长时间“定居”在某一处，妈妈就会在我桌前摆上鲜花，绿植，或是多肉。看起来只是个赏心悦目的摆设，但我渐渐发现，每个座位，每个房间，桌上的每一枝鲜花，每一棵多肉，都会为我输送能量。这听起来很玄乎，但我通常能因为位置的不同而产出不同的文字，也会因为位置的不同决定我这一天的效率。

有时我感到环境嘈杂，不是因为身边有东西在吵，而是内心不平静。这时我会将自己关进空无一人的房间里，烧上一壶热水，能工作许久；如果荷包富裕，又正好路过星巴克，我会在那里坐一会儿。咖啡厅真是个神奇的地方，每次到了那儿能专注工作好长时间。

独立空间的重要性到底在哪儿呢？或许它指的不仅是实体空间，还有内心的独立。是我无须依附，也能独立思考，独立生活。我期盼的并非是离开父母，而是渴望独立，是经济独立作为基础的人格独立。

我看到窗外那片绿色，那座伫立了很多很多年的水塔；我通过无人机俯瞰屋顶花园，那是妈妈的梦想花园，是她多年梦想落地生根、发芽成长的地方；我观察着那些娇艳欲滴、柔弱不已的花朵，我感到胸中开阔，这一刻我能够包容万物。

午餐我做了四个菜，炒蔬菜、紫菜蛋汤、咸蛋黄炒玉米粒、茄子炒肉。我吃糙米饭，妈妈吃白米饭。开着灶台上的两个火，一边做饭，一边收拾洗碗机里干净的碗筷。

我做饭很快，也是因为熟练，所以动作麻利。一小时左右，可以完成做饭、吃饭、洗碗三个程序。

将厨房收拾干净，肚子里的食物仍然没有消化，从阳台拿出必胜洗地机。有的时候我做卫生很敷衍，我并不会移开挡住我的椅子，有的时候我会很认真，我会仔细清洁每一个角落。今天的我就很认真，拖地弄得我满头大汗。

屋顶的绣球开了一波又一波，为家里提供了免费的鲜切花。它们在家里常开不败，有了枯竭的状态后，扔进堆肥桶，再为下一波鲜花奉献营养。

妈妈的菜园也迎来了一次次丰收，有生菜、青椒、黄瓜。自己家种的味道与外面买的真的很不一样，是很自然的香甜，是很青翠的颜色，切菜的时候如同在听一场音乐盛宴。晚上做了辣椒炒肉，我更加期待下一波丰收。

我想起最近读的埃莱娜（《我的天才女友》作者）说的话："我很早就离开了那不勒斯，生活在很远的地方，我在很多地方都生活过。我生活过的那些城市，很少让我感觉与它们息息相通。在我看来，这些城市只是给我提供了一些可能，产生了不同的结果：它们要么是一些冷冰冰的建筑，是一些永远陌生的城市；要么是活的，会和你息息相通。在第二种情况下，这些城市无论好坏，对我都非常重要。"

我想去旅行，去不同的城市，去那里的菜市场，去花市，去著名的街道和建筑里走一走，我想获得更多可能性。

是住在森林里，还是在繁华的市中心，是在家里，还是租房子，我都希望自己能紧紧拥抱这个世界，独立又自由地去生活。

POSTSCRIPT
代跋

文 / 糖贝贝[°]

° 糖贝贝

好语录的安慰书店主理人
Sweet MoMo 主编

妈妈为我而写的书《糖贝贝日记》，我有许多想说的话。

我知道妈妈在是否要出版《糖贝贝日记》的过程中有过徘徊，还有许多次的不顺利。她从不避讳和我说一些她所遇到的难题，她内心的焦虑与彷徨，我越来越知道，想做好一件事，做成一件事都很艰难，写书难，出版也难。当她开始整理《糖贝贝日记》，我明白这份爱不再只是给予我，这本书也不仅属于我，它属于更多人，属于这个世界。

我总是说："妈妈，我真的好爱好爱你哦。"给妈妈写了一张小纸条放在她床头："妈妈，我好爱好爱这个世界。"

2021 年，我过了二十一岁生日。这一年的世界依然在疫情的阴霾下起起伏伏，我结束了大学的学习开始创业，这时候，我发现我身边的同学与朋友，我们每个人都在走着不同的路。而我能确定的是，我走了我自己想走的路，正在为喜欢的事情奋斗，每天出门去工作的路上，内心踏实而喜悦。

11 月的时候，我接受了"100 个中国女孩的家"的采访，编辑

Esther 问："我经常看到你的公众号里提到妈妈，她对你的影响很大是吗？"

我点点头。

妈妈一直以来都是鼓励式教育。

我上小学的第一天，妈妈说："贝儿，你会是这个学校最棒的学生，你的学校会为你而感到骄傲的。"然后上初中、高中，远赴渥太华念书，她都和我说了同样的话。

妈妈会看着我的眼睛说话，郑重其事，让我相信其真实性。妈妈的眼睛里映出我的样子，闪着光。

我清楚地知道，为了帮我选初高中，爸爸妈妈有多么纠结和为难。但很神奇，那一刻我真的相信自己是很棒的，相信自己会成为一个更好的人。当我要独自一人背起行囊乘飞机去大洋彼岸，我内心有恐惧不舍，却仍是向往前方，坚信我会在那里度过快乐、幸福的大学时光。

妈妈从不用物质奖励交换好成绩，她对我的奖励永远只有一个吻（有时候是一百个吻）。

她吻我的时候会忍不住附加很多很多个吻，吧唧吧唧的声音响亮到要穿破我的耳膜，一点都不夸张，她就是这么疯狂地爱我。我的同学们可以用成绩交换奖励，我从来都没有过这样的经历。我们不会提手机、零花钱、玩具、旅游，她总是重复一句话：“学习是你自己的事情，最重要的是学习能力。”

申请留学的所有手续都由我自己办理，现在别人问妈妈留学的情况，她统统答不上来，因为她压根就没管过这些，妈妈语塞的时候也不尴尬，她反而会骄傲地推给我，找贝儿就好了，她自己办的，她都知道。

我是自己联络并租好了房子，一个人飞往渥太华。刚开始的那段时间，我身边的朋友都不太能适应国外的生活，我想更多是无法适应离开家的生活，他们有各种各样的苦恼、不安，但我都没有。我每天会和爸爸妈妈通两个视频电话，每周六固定去超市里买菜，摸清了哪里的鸡蛋更便宜，哪里的蔬菜肉食更便宜。想喝鸡汤的时候就买两只鸡腿，以节约生活费。

做饭的能力，是从九岁起妈妈教我蒸蛋开始的。然后是西红柿炒蛋、西红柿蛋汤（妈妈的三个拿手菜），初中我就已经能掌勺为家人做饭，饭后必须将厨房和碗筷都清洁收拾干净。留学期间房东姐姐一直夸我能干的时候（她说我是唯一一位主动清洁厨房的房客），我想自己已经具备了妈妈一直想要给我的那种能力——学习的能力，生活的能力。

我到底是如何成为今天的我呢？这个回答离不开妈妈。我常常和朋友们炫耀，我的妈妈不管我的学习成绩，不会在我外出的时候频繁地和我打电话追问行踪，不会给我安排课外的辅导班，她总是会问我的想法是什么，然后再给我建议。看起来宽容到甚至有些溺爱的妈妈，很多时候她的要求都非常严格。

不可以迟到，绝不可以撒谎欺骗。

一定要有阅读的习惯。

必须主动打招呼，说出“您”“谢谢”。

必须主动让座位（人多的时候，我必须是站着的）。

必须要早起。

要做计划，要说到做到，做比说更重要。

…………

从高中时期开始，妈妈给了我许多学习成长的机会：带我一起去杭州探店；做“Sweet MoMo”的主编，策划并完成自媒体文章；加入到“五角星团队”实习，成为妈妈的助手和妈妈一起工作；今年我提出了想要做线上和线下店铺的想法，妈妈给予了很多帮助和指导，很多工作都是手把手地教授。

妈妈会与我谈论“大人的世界”，和我一起回顾和总结她在职场里的故事，让我即使还没遇到，却有心理准备，妈妈也会时常提醒我在工作和社交中的处事原则，遇到问题就要认真面对，要怀着诚实和善意去处理好每一件事。

…………

太多了，妈妈的爱大过宇宙。

妈妈对我说过许多因为我而发生的人生改变：为了记录我的成长而开始写博客、学习摄影；为了给我做一个笔袋而买了第一台缝纫机……我最钦佩妈妈的地方在于，她可以用平凡的生活把自己淬炼得不平凡，卓然独立。我希望自己也能拥有自己理想的生活，谢谢妈妈为我做出了榜样。

妈妈脸上很多雀斑，我每一次摸着都忍不住说，我什么时候才全部拥有啊！或许，我是说或许，她是许多人心中的“白月光”，那便是心中最最美好的模样。好吧，如果不是，那至少是我的。

我爱我的妈妈，最爱。

图书在版编目（CIP）数据

糖贝贝日记 / 朱泓默著 . -- 天津 : 百花文艺出版社 , 2022.8

ISBN 978-7-5306-8336-1

Ⅰ . ①糖… Ⅱ . ①朱… Ⅲ . ①随笔—作品集—中国—当代 Ⅳ . ① I267.1

中国版本图书馆 CIP 数据核字 (2022) 第 111419 号

糖贝贝日记

TANGBEIBEI RIJI

朱泓默　著

选题策划：王　欣

责任编辑：刘佩莲

书籍设计：小鱼绘过敏

出版发行：百花文艺出版社

地址：天津市和平区西康路 35 号　**邮编：**300051

电话传真：+86-22-23332651（发行部）

+86-22-23332656（总编室）

+86-22-23332478（邮购部）

网址：http://www.baihuawenyi.com

印刷：深圳市国际彩印有限公司

开本：787 毫米 ×1092 毫米　1/32

字数：120 千字

印张：8

版次：2022 年 8 月第 1 版

印次：2022 年 8 月第 1 次印刷

定价：69.00 元

如有印装质量问题，请与深圳市国际彩印有限公司联系调换

地址：深圳市龙华区大浪街道同胜社区同富裕三期威信彩盒印制厂 D1 层

电话：（0755）86096606

邮编：518109